荒野男孩

WILDER BOYS

探险小说系列

3

XUEDI SHENGHUAN

雪地生还

[美] 布兰登·华莱士 著
刘思捷 译

GUANGXI NORMAL UNIVERSITY PRESS
广西师范大学出版社
·桂林·

出版统筹：施东毅
品牌总监：耿　磊
选题策划：陈显英
责任编辑：李茂军
助理编辑：韩杰文
美术编辑：卜翠红
版权联络：郭晓晨
营销编辑：杜文心　钟小文
责任技编：李春林

图书在版编目（CIP）数据

荒野男孩探险小说系列．3，雪地生还／（美）布兰登·华莱士著；刘思捷译．—桂林：广西师范大学出版社，2018.10
书名原文: The Journey Home (Wilder Boys)
ISBN 978-7-5598-1208-7

Ⅰ．①荒…　Ⅱ．①布…②刘…　Ⅲ．①儿童小说—中篇小说—美国—现代　Ⅳ．①I712.84

中国版本图书馆 CIP 数据核字（2018）第 219176 号

广西师范大学出版社出版发行
（广西桂林市五里店路 9 号　邮政编码：541004
网址：http://www.bbtpress.com）
出版人：张艺兵
全国新华书店经销
广西广大印务有限责任公司印刷
（桂林市临桂区秧塘工业园西城大道北侧广西师范大学出版社集团有限公司创意产业园内　邮政编码：541100）
开本：880 mm × 1 240 mm　1/32
印张：4　　　字数：73 千字
2018 年 10 月第 1 版　　2018 年 10 月第 1 次印刷
印数：0 001~6 000 册　　定价：25.00 元

译序

儿时记忆中的老房子背后有一座几十米高的山，山上密布着品种不一的参天大树，夏日行走其中，一缕阳光也晒不到。上山下山只有一条小路，路旁长满了无论那时还是现在都叫不出名字的花草。翻译“荒野男孩探险小说”系列时，儿时记忆中的那座山，树荫下的山间小路，路边花草中野蜂飞舞的画面屡屡浮现在脑海里。

每一个人在儿时应该都有一个想要去冒险的念头。这个念头或许带有一丝孩童的淘气，可却是每个孩子纯净心灵的真实表现。这个冒险不一定要像书中的杰克与泰勒那样横穿大半个国家，身居荒野之中，甚至屡次让自己身处险境。这个冒险可以很简单，简单到放学独自步行回家一次，简单到与三五个玩伴在小山上捡松果，简单到鼓起勇气摸一摸自己一直不敢靠近的小狗。

孩子们心中的冒险，并不是要搞出什么惊天动地的大事，更多地，其实是想要用自己的眼睛去看，用自己的耳朵去听，用自己的双脚去丈量，用自己的内心去感受。纵使孩子们可以从长辈的口中了解这个世界，可以通过互联网看遍天下风景，可又有什么能比得上自己身处其中、用心感受来得真切呢？

当然了，在冒险的过程中难免磕磕绊绊，不可能一帆风顺，不然“险”从何来呢？每一次冒险都会有害怕，会经历担忧，甚至可能会受伤，可是这些都不能阻挡想要去冒险的孩子们。也许是因为初生牛犊不怕虎，可能回过头去想也会觉得心惊胆战；也许是因为要在小伙伴面前强装镇定，可能独自一人或回到父母身边后也会号啕大哭；可是在冒险中每个孩子都是那么坚强、那么无畏，正如书中的杰克与泰勒一样。

从初踏旅途的恐惧不安，到旅途后期的冷静稳重，两兄弟不仅走完了这趟冒险的旅程，更是体验了一段不同寻常的成长历程。其实，杰克与泰勒的冒险已经远远不是小打小闹的冒险了：横穿大半个美国，住在荒野中的小木屋里，自己扛枪打猎……随便挑出一项来，别说孩子了，即便换个成年人，也未必能够坚持下去。可是，他们俩就做到了。一路走来，无论遇到什么问题，两个孩子始终互相鼓励，灵活运用自己从书中、从长辈那儿学到的知识，克服了一个又一个困难。同时，他们又互相照顾，身为哥哥的杰克时刻想着要保护好弟弟，身为弟弟的泰勒又总是希望能够帮助哥哥分担一些烦恼。

这不就是最好的成长历程吗？这不就是我们对孩子们的期望吗？在面对问题时，孩子们能够迎难而上，互相鼓励、支持，彼此关心、照顾，最终一起解决问题，向着更美好的远方走去。如此想来，那么渴求冒险的孩子们，不也正是在渴求成长吗？

从第一部到第四部，译者见证了杰克与泰勒的成长。这一路上，有过艳阳高照，也有过阴霾暴雪；有过欢声笑语，也有过伤心流泪；有过顺风顺水，也有过祸不单行。就如同我们每一个人的成长一样，喜怒哀乐终究都是要体验的，缺少了其中哪一样的真切感受，人生似乎都是不完整的。希望读到本书的每一位读者都能勇敢地踏上人生的冒险旅程，用自己的眼睛去欣赏沿途的风景，用自己的内心去感受身处的世界，不惧艰险，享受成长。

本书翻译完成时，已经跨入了戊戌狗年。说来也巧，书中杰克与泰勒最忠诚的伙伴——科迪就是一条杰克罗素梗。在狗年完成这本译作，想来也是冥冥之中的一种缘分。这本译作就如同译者的孩子一般，而现在，这个孩子将走出家门，踏上冒险的旅程。途中，她一定会遇上包括你们在内的形形色色的人，她会给你们带去欢乐，但她肯定也会淘气地惹你们生气，希望你们能够给她以温柔、包容和帮助。

最后，感谢广西师范大学出版社每一位为“荒野男孩探险小说”系列的出版而努力的员工。谢谢你们，正是你们的辛勤工作，让杰克与泰勒的故事化为一个个铅字，送入更多读者的手中。

刘思捷

2018 年 3 月 9 日

目录

第一章

杰克俯身穿过茂密的树林，尽量不发出一点儿声响。午后的斜阳透过树丛化为一道道光柱，映照着他口中呼出的雾气。空气中的寒冷与胃里的饥饿感一同侵蚀着他的身体，虽然可以忍受，但他已经无法支撑太久了。

“以前，我花几美元就能买一个汉堡外加一份薯条。”这个想法在他的脑子里一闪而过。

他闭上眼睛，记忆中金黄的薯条和鲜红的番茄酱在脑海中浮现了出来。但很快，紧迫的饥饿感又让他不得不把这些想象都抛在脑后。

“我得振作起来！”他告诉自己。现在必须专注于打猎。

他揉了揉眼睛，深吸了一口气。

身处树林之中，周围的美景与他在老家宾夕法尼亚州所见的一切都大相径庭。在大提顿国家公园的这座小山上，夏日里翠绿的山杨树叶早已转入秋日的金黄色。林中的鸟儿们大多已迁徙南方，往日里为树林带来生机的鸟鸣也已经消失无踪。现在的树林，寂静而深邃，像极了一间废弃许久的木屋。

可即便是这样的树林，如果深谙捕猎之道，还是能够发现一丝生气的。杰克停住脚步，蹲了下去，看着散落在林间土地上的兔子粪便，这些都是刚刚留下的。看来还有很多兔子可以抓。当然了，诀窍是知道如何抓……

杰克走到几天前挑好的一块地方，那是树林边缘一个洞穴的入口。他夯在地上的两根木桩还在那儿。

他把一根分叉的小树枝插入木桩上事先凿好的两个凹槽里，动作相当麻利。树枝分叉处垂下一条绳索，上面系着一个活结——它会紧紧地拴住猎物的脖子。

“接下来做陷阱。”杰克想。他把挡住视线的黑发向后捋了捋，然后把附近的一株树苗弯向地面，用绳子把分叉的树枝绑在了上面。树枝稍有受力，但还不至于从凹槽中松脱出来。但是如果有什么东西推动了它，比如一只兔子，它就会猛地弹起，给撞上陷阱的倒霉蛋致命一击。

杰克蹑手蹑脚地穿过树丛，坐在一根原木上。

“现在，”他低声对自己说道，“就这么等着。”

杰克抠着手掌上的一处痂，思绪飞回从前。他和弟弟泰勒原本在匹兹堡过着平淡如水的生活。直到妈妈的神经质男友布尔出现，这个男人差点儿打死了妈妈。在那之后，他们便意识到，必须逃走，去一个布尔找不到的地方。于是，他们拿了布尔的钱，携手奔赴怀俄明州，满心希望能在那儿找到记忆中早已模糊不清的爸爸。

但布尔一直紧追不舍，处心积虑地想把钱拿回去，然后让兄弟俩永远闭嘴。他追着他们横穿了大半个美国，甚至追到了兄弟俩的爸爸阿贝一直生活的山区里。阿贝为了保护兄弟俩，像灰熊一样与布尔扭打在一起。想起那天的事情，杰克不禁打了个寒战。如果爸爸没有及时出现，他们早就死了。而现在，死的却是跌入山中瀑布的布尔。

布尔会留下几块烂肉吗？杰克很好奇。像破布一样挂在他的骨架上？说不定还会留下一小块带文身的皮肤？

余光里一闪而过的某个微小动作把杰克拉回了现实。他赶忙转过头，死死盯住洞口。果然，一只山地棉尾兔探出了它那毛茸茸的棕色脑袋。虽然离得很远，杰克还是能清楚地看到兔子在来回摆动耳朵，感知着周围的危险。杰克继续保持平稳的呼吸，一动不动。

兔子似乎觉得周围很安全。于是，它径直跑出了洞穴，再次四处嗅着，感知着周遭的事物。

杰克屏住了呼吸。

“来吧，兔子先生……再往这边走点儿。”

杰克看着兔子沿着小路一蹦一跳走向陷阱。当小家伙的脑袋被陷阱绳拴住，分叉树枝随即从木桩里被拽出来时，杰克感觉浑身上下的每一寸肌肉都绷紧了。

嗖！

树枝向上弹起，扯着兔子的脖子，猛地把它拉向空中。

杰克感觉心脏快要跳到嗓子眼儿了，他猛地蹦了起来，向陷阱冲了过去。

“逮到你了！”他喊道。

肾上腺素冲击着他的每一根神经。兔子挂在绳子上摇摇晃晃，丝毫没有挣扎——一次干净利落的猎杀。

杰克解开绳索，激动地捧着自己的猎物。他盯着兔子的眼睛，就在片刻之前，这对小眼睛还在灵活地四处张望，探寻潜在的危险。

在质疑蔓延心头之前，他再次肯定了自己的做法。“我只是为了活下去才这么干的。”身处荒野之中，杰克才领会到“为了生存而杀戮”的真正意义。尽管如此，他也从未觉得结束一个小动物的生命是理所应当的。他小心翼翼地把兔子放进背包里，拆掉了陷阱，然后向着爸爸小屋的方向出发了。这一刻的他，周身被自豪的光芒所笼罩。

杰克走出树林，来到一小块空地上，爸爸和弟弟正坐在小屋外的篝火旁。温暖的火焰烧得啪啪作响，篝火的气味在空气中弥漫。

“嘿，小伙子！你回来啦。”

映着火光，简陋的木屋投下一片阴影，阿贝坐在其中，挑弄着篝火。泰勒则在忙着用猎刀削一根树枝，身边的白色木屑越积越多。

“嘿，爸爸！”杰克回应道。

初到荒野之时，杰克并不知道这里的生活是什么样的。他原本想，也许他们会穿着兽皮衣服，靠打猎和采摘果实填饱肚子。然而，虽然阿贝远离了文明社会，但他并非山野之人，他是一名护林员。作为工作的一部分——留意森林火灾，看管野生动物以及清理路障，他得以住在自己的小木屋里。

科迪，孩子们的杰克罗素梗，冲向杰克与他打招呼。

“嘿，伙计！”杰克蹲下身去，满怀爱意地与小狗抱作一团，任由科迪在自己的臂弯里扭来扭去。

“没事吧？”阿贝问道，“你去了好一会儿了。”

“我想练练自己设陷阱的本事。”

阿贝点点头，笑容在他那饱经风霜的脸上激起几道皱纹：“好主意。”

泰勒停下了手上的活儿，抬起头来，一双绿色的眼睛急切地盯着杰克：“怎么样？”

杰克起身走向篝火，伸出双手在火堆上暖了暖。然后，他打开背包，从里面拿出了那只死兔子，脸上的笑容再也抑制不住了。

科迪抬起头来不停地嗅着，一个劲儿地围着杰克转圈，试图捕捉空气中兔子的味道。

泰勒愣了一下，随即笑容在他的脸上开了花。“太棒了！”他大喊道。

“谢了，弟弟！”杰克一边笑着，一边把举着兔子的手又抬高了一些，以免被急切的科迪给叼走了。

阿贝面带微笑地看着杰克：“看来之前的辛苦有回报了。”

“谢谢，爸爸。”杰克咧嘴笑道。他看着眼前的火焰，周身沐浴在骄傲之中。阔别多年后再次与爸爸团聚，这感觉确实太好了——自从他们来到这里，爸爸教会了他们许多东西。不仅仅是那些任何学校都会教的普通课程，还有他了若指掌的一切荒野知识。

看到杰克得意的表情，泰勒笑着说道：“你肯定知道，要熬过冬天，我们需要的可远不止这一只兔子，对吧？”

“我当然知道！”杰克脱口而出。“真会给我泼冷水，泰勒。”杰克暗想。

“别这样，泰勒，”阿贝说道，“冬天可不是开玩笑的。我差点儿没能活过在这儿的第一个冬天。”

“怪不得。”杰克心想。他们的爸爸在为过冬做准备时，简直像在为即将被围攻的城堡做准备一样。事实上，“过冬”这个念头已经开始让杰克有些害怕了。

阿贝似乎觉察到了杰克的不安。他伸手拿过自己的吉他，轻轻地弹了几下，悠长而又忧郁的音调让杰克想起远处的狼嚎。“我有跟你们讲过第一个冬天的故事吗？”

杰克和泰勒摇了摇头。

“好吧，讲给你们听听。”

泰勒盘腿坐在爸爸身旁，一只胳膊搂着科迪，侧耳倾听。杰克则坐在一个树桩上，继续让篝火温暖他的双手。地平线上，太阳开始缓缓落下，夜幕也已经悄然而至。

“我当时一整天都在外面打猎。就我自己，孤身一人行走在冬日的严寒之中，打到了几只兔子。”他开始娓娓道来，“天说黑就黑了，我本该赶紧回家的，可是我有点贪心了。我又看到了一只兔子，块头很大、很肥的一只。它周身雪白，宛如冬日的精灵。”

“你抓到它了吗？”泰勒问道。

“没有，孩子，它跑了。但是为了追它，我跑进了树林深处，彻底迷失了方向。”阿贝弹了一组和弦，这声音常在动画片中发生倒霉的事情时响起，孩子们听到不禁笑了出来。

“现在想起来是挺有趣的，”他继续说道，“可是在当时，我简直吓坏了。尤其是我发现树林里还有别的东西——树丛间有若隐若现的眼睛闪过，那些眼睛满含饥肠辘辘的眼神。”

“狼？”泰勒猛吸了一口气。

“一整个狼群，”阿贝说道，眼神中闪过一道光，“头狼是匹灰色、独眼的凶狠野兽。它们想抢走我要带回家的兔子。而且我很清楚，等它们把兔子吃完，接下来的目标就是我了。”

杰克把身子向前倾了倾，认真地听着。

“可就在那时，我找到了北极星。”阿贝继续讲述道，伸手指向夜色渐深的天空，“就在那儿，勺子形的小熊座里，勺子柄尾端的那颗。”

“然后呢？”杰克问道。从眼角的余光中，他瞟见泰勒站起身来，在口袋里摸索着什么。他刚要问弟弟准备干什么，爸爸看了他一眼，示意他坐着别动。

“那颗星指引我走出了树林。我当时满身是伤，瑟瑟发抖，不过谢天谢地，我成功地甩掉了那群狼。我搞明白哪边是北方之后，就赶紧爬上山搭了一座雪屋，并且……”

阿贝正讲着，泰勒悄悄溜到他背后，掏出刚刚一直在刻的木雕。

“哇！”他叫道，在爸爸面前挥舞着手中的木雕。原来，木雕是一匹张着嘴的小狼。

“啊！”阿贝猝不及防地大叫一声，大胡子脸上露出了爽朗的笑容，“差点儿被你抓住了！”他丢下吉他，抱着泰勒和木雕小狼滚到了地上。

杰克哈哈大笑：“你终究还是没逃过那群狼……”

“这一匹可比一般的狼凶猛多了。”阿贝哈哈地笑着，松开了泰勒。

“它要来抓你了，杰克。”泰勒低声吼道，又在哥哥面前耀武扬威地挥舞起了木雕。

杰克往篝火里又加了一块木头，重新坐回木桩上，做作地装出很害怕的样子。

“你知道吗，杰克？”阿贝又说回冬天的事情，“你那只兔子抓得正是时候。”

“什么意思？”泰勒问道。

阿贝给泰勒倒了一杯热腾腾的肉汤：“再过几周就要过节了，现在随时都有可能下雪。我们今晚得好好吃一顿，明天我们就要去镇上拿最后一批补给了。”

杰克笑道：“补给？我以为我们可以在这儿自给自足呢。”

阿贝拍拍他的肩膀，说道：“有些需求是大自然无法满足的。很不幸，树木里找不出煤油，刀片也不可能从土里挖出来。怀俄明州的冬天非常严酷，你知道这儿下雪最久能下多长时间吗？”

杰克想了想。“六个星期？”他说道，心里怕极了。肯定会很难熬，不过他觉得即便六个星期与世隔绝，他们应该也能撑得过去。

“抱歉，杰克，”阿贝叹了口气，眉头紧锁，“应该是六个月那么久。”

第二章

第二天，寒冬便乘风而至，宣告了自己的登场。寒风在小木屋四周不住地呼啸，顺着烟囱悄悄灌进屋里，在水池里留下一层薄薄的冰，还偷偷溜到毯子下面，侵扰着孩子们的脚趾。

屋外，阿贝不安地看着地平线，可杰克和泰勒仍像初次穿越这片崎岖的土地时一样，有说有笑。两个月前，两个男孩儿都没想到自己能够完成这趟穿越之旅，可是他们只身横穿美国的旅途，以及与阿贝共度的时光让他们坚强了不少，也成熟了不少。尽管背包有些沉重，可他们仍未放慢脚步。

科迪在他们前面一路小跑，嗅嗅这棵树又闻闻那棵树，一会儿在这儿抬腿尿一点儿，一会儿在那儿抬腿尿一点儿，好像在宣告它是这片荒野的主人。阿贝为两个男孩儿指明沿途的地势地貌，仔细地讲解各种动物留下的痕迹以及周围的植物。泰勒听得聚精会神，而杰克则走了神。他满脑子想的都是他们要去的小镇：在那儿，他不用自己做饭就能吃到热腾腾的食物，还可以储备些书。六个月的时间，要是连一本杂志都看不到，他肯定会发疯的。

“好了，现在要说的这个非常实用。”阿贝突然大声宣布，并且伸手指向一株植物。它的叶子已经变成了棕黄色，枯萎的叶子中间是稍稍高出一点儿的花茎。

泰勒凑近看着这株植物，眉头紧锁，若有所思。紧接着，他的表情开朗了起来，兴奋地说：“我认识这种治疗伤口的植物！”

阿贝疑惑地看着他。

“箭叶香根，对吧？”

“噢，没错，你说得很对。”阿贝说道，“你可以用它来处理烧伤以及其他伤口，而且它还是很好的止咳药。”

“就像杰克当时处理我的腿伤……”泰勒说。

阿贝抬起头。

“就在我们找到你之前，泰勒被一只山猫袭击了，”杰克解释道，“我用了些植物给他治疗伤口。”

阿贝点头表示赞许：“你真聪明。”

杰克想起以前布尔动不动就说自己傻，甚至还用过更糟糕的词。想到这儿，他又回味了一下爸爸充满鼓励的话语。

阿贝拿了一块干肉饼出来分给孩子们，权当上午茶点心了。干肉饼用碎麋鹿肉、脂肪与莓子做成，三人边吃边继续赶路。

“嘿，杰克，”泰勒嘴巴塞得满满的，可还是继续说道，“如果学校里其他孩子知道我们现在身处荒野，你能想象到他们会说些什么，或者波纳赤先生会说些什么吗？”

杰克笑了笑，想起了匹兹堡那位大腹便便的校车司机：“他肯定会大吃一惊的。”

“我也觉得，肯定会，”他转过头，抬头看着杰克，“不知怎么的，我有点想念学校了。”

杰克还没来得及回应弟弟，阿贝便插了进来：“你也许会想念学校，可你不会想念城市，对吧？身处荒野要健康得多。没有污染，没有犯罪，也没有垃圾食品。”

“我猜你以前住在城市里的时候，肯定恨透了那里，是吧？”泰勒问道。他上前与他的爸爸步调一致。

杰克跟在后面静静地听着。

阿贝想了想，说道："在我看来，我从没在城市里生活过。没人能在城市里生活！在那儿，你只可能日渐凋零，慢慢地、日复一日地凋零。"

"听起来像是你的歌里面的一段歌词。"杰克插话道。

阿贝清了清嗓子，说道："被你发现了。"

杰克笑了笑，可爸爸的态度还是让他耿耿于怀。在爸爸看来，世上的一切都非黑即白，这让杰克有些不快，而这种感觉已经不是第一次出现了。诚然，山里很漂亮、很纯净，可是城市也有城市的好，比如图书馆、公园和餐馆，更别说那儿还有伙伴们了。不过，他也知道没必要去争执这些。爸爸总是觉得自己的看法是对的。

"如果荒野的生活这么完美，爸爸，你为什么不曾来接过我们？你为什么不带上我、泰勒，还有妈妈来这儿与你一起生活？"杰克在心里想。

又往前走了一段，泰勒离开小路，侧身闪进一旁的灌木丛中。"马上回来。"他喊了一声。

"他要去干什么？"杰克一笑，看着泰勒三步并作两步跑到树林的边缘，弯腰在地上搜寻了半天。等他再站起身来，手中握着一株中等大小的白顶蘑菇。

“有没有人肚子饿呀？”泰勒笑着说道。

阿贝一个箭步跳到泰勒面前，一把打掉了他手中的蘑菇。

“别吃！”阿贝警告道，连声音都变了，“我没告诉过你吗？永远不要吃你不了解的东西！”

泰勒看上去被吓到了：“可是爸爸，我没打算……”

阿贝紧紧地抱了抱泰勒，然后才将他松开：“泰勒，那是一株致命的毒伞菇！一口，只要一口，你就死定了。”

杰克走了过来，说道：“爸爸，没事的。泰勒只是开玩笑，他不是真打算要吃，他只不过是拿来给我们看看。”

阿贝看了看杰克，又看了看泰勒，然后深吸一口气，弯下腰挽起一条裤腿。两个男孩儿都看到了他左边小腿上难看的白色疤痕。

“看到没？”

他们点点头。

“这就是我上次在荒野里一个不小心的结果。”

“这是被蛇咬的吗？”杰克猜道。

阿贝没有回答，只是默默地又把裤腿放了下去。“身处荒野之中，要时刻保持警惕。”他重重地叹了口气，“我们接着往前走吧！”

杰克又想起爸爸之前抱怨城市有多糟糕的话。可又是被蛇咬，又是致命的毒蘑菇——看来荒野也没有爸爸描述的那么完美。

两小时后，三人抵达了小镇，重返文明社会让杰克如释重负。小镇上只有十几间屋子、一个邮局、一个加油站，还有一个兼顾着游客咨询中心职责的杂货铺。可是在远离人群那么长时间之后，哪怕是路边一个小小的车站，都让杰克有繁华大都市的感觉。

小镇的杂货铺正对着一条双车道高速公路，阿贝让科迪坐在店门口，自己带着两个男孩儿走了进去。一进店，两个男孩儿便像饿狼一样环顾四周。

“看看这些东西，杰克！”泰勒惊讶地大呼小叫。

杂货铺里应有尽有：各种食品、枪支弹药、露营用品、液化气、煤油，还有五金工具。杰克想象着，要是他们的小木屋里能有一台这样亮闪闪的液化气烤架，那生活该轻松多少。

阿贝与杂货铺老板冈特热情地握了握手。冈特留着长长的金发，今天戴了一顶棒球帽，帽子上有落基山脉麋鹿基金会的标志。他转头看向两个男孩儿，投来真挚的微笑：“看来，你们俩以后肯定会长得比你们的爸爸还要高。”

两个男孩儿羞涩地彼此对视了一下。从离开宾夕法尼亚州到现在，他们确实成长了不少。现在，二人都留着长头发，脸微微有些晒黑，俨然两个小号的阿贝。

“阿贝，你是来储备过冬的物品吗？”冈特倚在柜台上问道。

阿贝取出一张清单递了过去：“是时候了，冈特。”

冈特扫了一眼清单，点点头说道：“这可得花点时间了。”

“越快越好，”阿贝说道，“这样天黑前我们还能赶回去。”

“你要是能先打个电话，我还能提前给你准备好……”

“先打个电话？爸爸没有电话。”泰勒插话。

冈特挑起了一边的眉头。最终，还是阿贝打破了沉默：“好吧……其实，我有一部电话。有时候工作中会需要处理些紧急情况，森林火灾、迷路的徒步旅行者之类的。”

如果木屋里有部电话，那阿贝还私藏了什么别的现代科技产品呢，杰克突然心生好奇。

“您这儿卖书吗？”他一边问一边急切地环顾四周。

冈特挠了挠一侧的脸颊，说道：“呃……后面倒是存了些杂志，你去那儿找找看吧。”

“谢谢。”

杰克朝杂货铺最里面走去，而泰勒则径直走向糖果架。很快，杰克便找到了一个放杂志的货架，基本上都是体育杂志，完全不是他感兴趣的类型。好极了！真是好极了！六个月的时间，只有这些体育画报可以看。

“你在后面没事吧？”阿贝喊了一声。

“马上来！”杰克喊道。他刚要迈步，架子上一摞小巧的硬皮笔记本引起了他的注意。过去几个月以来，他一直想把自己和泰勒的冒险旅途写进日记里——就像阿贝年轻时写的那本荒野日记一样。正是阿贝的日记让两个男孩儿有了踏上怀俄明州之旅的勇气，也正是这本日记帮助两个男孩儿一路顽强地活了下来。他抓起一本笔记本，转身去找泰勒——弟弟还在零食区流连忘返。

“你觉得爸爸会让我们买吗？”泰勒边问边用手拨了拨自己黄褐色的头发。

“又不是非得听他的，对吧？”杰克说道，然后又拿起一袋花生酱点心杯。

“什么意思，杰克？”泰勒问道。哥哥抵触的样子让他很是困惑。

“没事……我们走。”他说。

柜台那边，冈特已经堆起了一摞珍贵的补给品：几盒钉子、牛皮胶布、枪油、子弹、一把新斧子、鞋带、火柴、缝衣针和线……

“这些我们也要了。”杰克说着，把笔记本和花生酱点心杯也放到了柜台上。

阿贝拿起那袋零食，在空中甩了甩，像是抓着一只死老鼠一样：“要这垃圾玩意儿？”

“那是我拿的。”泰勒觉察到爸爸的不悦，赶忙说道，“没关系，我把它放回去。”

“别这样，阿贝。这又不会害死他们。”冈特说。

“对啊，”杰克赶忙插话进来，“这又不是什么毒蘑菇。”

阿贝眉头紧锁，有那么一瞬间，他好像又要开始那套长篇大论的说辞了。不过，最后他还是把那袋零食放回了柜台上，勉强挤出一丝笑容。

“你说的没错。不过，我也得吃一口！”他笑着说道，然后把钱递了过去。

大家都咯咯地笑了起来，只有杰克没有笑。

第三章

当三人拎着大包小包朝杂货铺门口走时，门被人从外面推开了。顷刻间，气氛又一次发生了变化。杰克与爸爸的意见不合立马被抛于脑后，恐惧和担忧占据了他的内心。

一位警官站在门口，双手环抱在胸前，眯缝着眼睛。

杰克整个人都僵住了。

一个念头在杰克的脑海里炸响：布尔，他们找到他的尸体了。他与泰勒对视了一下，弟弟也是满眼的恐惧。

他真希望他们能在来镇上之前就编好一套说辞，面对警察时也好统一口径。可是，并没有。因为那意味着他们又要谈起布尔的死亡，而这是他们绝对不愿意提起的事情……

“外面那条狗是你们的吗？”警察问。

“对，是我们的。”杰克说道，他感觉自己的喉咙又干又紧，“它没事吧？”

“它没拴绳子！”警察忽然提高了嗓门，“如果你们是要去参观国家公园，最好先学习一下相关的规定。所有宠物狗都必须时刻看好了。”

最后还是阿贝说话了：“都怪我，警官。我以为我拴好了……”

警察一皱眉，说道：“阿贝·怀尔德，是吧？”

“没错。”

“好吧，我知道你很清楚规定。”他神情严肃地看着杰克与泰勒，“我就是看看这两个男孩儿是不是也清楚了。”警官转过身去，刚准备离开，又重新停下了脚步：“噢，怀尔德先生，还有一件事……”

阿贝咽了一下口水：“嗯？”

“你下次再来镇上时，记得把你的吉他带来，去本尼餐厅弹上几曲。已经好长时间……”

阿贝面露微笑，欣然承诺下次一定去。

接着他们道了声“再见”，便踏上了回家的路。

“走吧，”阿贝心烦意乱地咕哝了一句，“我们赶紧离开这儿。”

杰克觉察到了爸爸的变化——他的下巴紧绷着，前额上渗出了汗珠，眼神中满是不安。

布尔的最后一声尖叫又一次在杰克的脑海中响了起来。他看着布尔的身体瘫软下去，最后跌落瀑布。感觉就像是布尔的鬼魂回来寻仇了，一直阴魂不散地缠着他们。

*

节日的前一天，杰克和泰勒站在小木屋外的火堆旁，搅动着火堆上架着的一口黑铁锅。自打他们从小镇回来之后，天气更加寒冷了。现在，两个男孩儿紧紧地挨着火堆，嘴里呼出的气体在空中化成一道道白雾。

“你觉得好了吗？”泰勒边问边往锅里瞟了一眼。

“我怎么知道？我以前又没煮过香根。”

泰勒咧嘴一笑，又搅了搅锅里的东西：“魔法汤剂！”

“小心点，”杰克笑着说道，“你也不想药还没熬好，自己就先被烫伤吧？”

这是阿贝交给杰克与泰勒的任务：挖些箭叶香根，洗净，切碎，然后丢进锅里加水慢慢熬。他们为此辛苦了一早上。

“你知道吗，那个杂货铺里卖创可贴和消毒剂。”杰克没好气地说道，感觉爸爸想一口气把所有关于荒野的知识一股脑儿地全都灌输给他们，好弥补这些年他不在孩子们身边的遗憾。

“知道，不过这酷多了。”泰勒说道。什么也不能打消他的热情。

小木屋的门猛然打开，阿贝走了出来：“药熬得怎么样了？”

“我们觉得差不多了。”泰勒说。

“很好。现在把火灭了，让它凉一会儿，你俩去拿枪。”

听到这儿，泰勒瞪大了眼睛，坐在一旁的杰克也挺直了腰板：“我们要去打猎吗？”

“明天就过节了，”阿贝回答道，“我们得给自己弄点晚饭……”

*

半小时后，阿贝、两个男孩儿，还有科迪，沿着一条自山顶流下的小溪开始了他们的狩猎之旅。虽然外面寒风凛冽，但是杰克握着枪的手掌还是冒了汗。

通常，阿贝会拿着一把 7.62 毫米口径的步枪作为狩猎的主力，而今天他却什么也没拿。“今天由你们俩开枪，”他说道，“能不能带回节日的晚餐，就看你们的了。”

“毫无压力。”杰克说着，脸上露出了笑容。

以前在家的时候，枪是个令人恐惧的东西；可在荒野之中，枪握在手中的重量让人觉得心安。这种感觉相当奇怪，明明是这么危险的东西，现在却如此有用。有些人用枪威胁、恐吓他人，比如布尔就这么干过，而他们则是为了生存。

他们正走着，科迪忽然追赶着一小群火鸡出现在他们面前。这一阵骚乱把杰克吓了一跳。可很快，他又暗暗埋怨自己怎么这么一惊一乍的。泰勒则冷静得多，他端平了枪开始瞄准。

“别！”阿贝喊道，“别开枪！”

“哈？”泰勒眨了眨眼睛。

“这些最好用霰弹枪打，孩子。而且，别为了它们吓跑了大家伙。”

泰勒只好不情愿地放下了枪。

很快，杰克便看到了爸爸所说的“大家伙”的踪迹。他举起一只手，三人全都屏息站住了。“有脚印！”他低声说道，“看到没？在那儿，小溪边上。脚印前端是分叉的，是鹿的脚印。”

科迪开始兴奋地四处嗅着，而阿贝、杰克和泰勒则蹲在地上仔细检查着脚印。

“白尾鹿？”泰勒问道。

“也许是黑尾鹿，”阿贝说，“它们的体形更大一些。这些脚印看起来也是刚刚留下的。想不想试试追上它们？”

“你觉得呢？”杰克反问道。他骨子里的野性已经开始咆哮了。不过，他并未因为饥饿就盲目展开行动，聪明的他依然十分谨慎。

做出决定后，他们便加快速度出发了。现在不是说笑的时候，他们一路用手势和眼神彼此交流，没有一个人说话。

他们一路跟着脚印穿过树林，出了树林之后，脚印突然分成两拨，朝着两个方向延伸出去了。

“现在怎么办？”泰勒的轻声耳语打破了沉寂。

“我们分头行动，”阿贝压低了声音说道，“泰勒，你跟我走。我们沿着脚印比较多的那一边走。杰克，你跟科迪沿着另一边的脚印走。”

杰克草草点了下头。他们尽量不发出任何声响，这能增加打到猎物的概率。

阿贝把三人紧紧地聚成一团，轻声说道：“如果我们任意一方打到一头鹿了，多开一枪向另一方示意，另一方就赶快来帮忙。只有一声枪响代表没打中或是猎物很小，那就继续打猎。如果我们都没有收获，那在太阳落山前回小木屋碰面。”

杰克知道最后一种情况不可能发生——他才不会空手而归呢！

阿贝和泰勒继续沿着小溪前进，杰克和科迪也动身去追数量较少的那一群鹿。从脚印的数量来看，杰克估计这群鹿也就只有两头，顶多三头。他每一步都迈得非常小心，生怕踩到干树枝或是树叶发出声响，惊吓到他们正在追捕的这群鹿。

当杰克沿零星散布着几棵松树的陡坡向上走时，他清楚地感觉到自己的心脏如打鼓一般剧烈地跳动着。有生以来，他唯一开枪打过的也不过是几只老鼠，虽然他也在爸爸搭建的小靶场里练习过，可是他的水平要比泰勒差得多。现在爸爸让自己单独打猎，只有科迪与他为伴，感觉更像是一次测试。

疑惑开始在他的脑海中翻滚起来。“如果我只是打伤了鹿，结果让它跑了怎么办？如果我没打中，还吓跑了爸爸跟泰勒在追的那一群怎么办？如果就因为我枪法不好，我们节日的晚餐只能吃炖树根怎么办？”

成功诱捕兔子的喜悦似乎已经化为遥远的回忆。用陷阱捉兔子是一回事，用枪射击一只比自己个头还要大的动物，那可完全是另外一回事了。

穿过一段岩石路段时，杰克跟丢了鹿群留下来的脚印，对此他懊恼不已。不过，幸好有科迪在，它敏锐的鼻子已经牢牢地锁定了鹿群的气味。他们跟着气味走进一片白杨树林，新落的秋叶好似铺在地上的金色地毯，让人感觉像是走进了一处庙宇。杰克驻足片刻，感受着周围的静谧。

科迪有些不耐烦地低声哼叫着。

“好了，好了，我来了。”

他与科迪进一步深入树林，落叶吞噬了他们的脚步声，杰克保持着高度的警惕。

“冷静点，杰克，别搞砸了。”他暗自给自己打气。

他与科迪跨过落在地上的树枝，在白杨树苍白的树干间小心谨慎地前行。就在他们马上要从树林的另一端走出时，科迪突然站住了。

杰克也立马停下，纹丝不动。

三头黑尾鹿站在他的前面，都是年轻的雄鹿。刚开始，杰克没看明白它们在干什么。不过，后来他看到一头鹿靠后腿支撑，扬起前蹄，伸着脖子轻轻地咬着一根白杨树枝的末梢。另外两头则大声地咀嚼着地上长出的冬笋。

“为过冬积蓄脂肪。”杰克想，“对不起了，伙计们，我们也得吃东西……”

三头鹿都忙着吃东西，丝毫没有注意到杰克和科迪向自己靠近。这正是杰克所希望的。他小心翼翼地从背心口袋里掏出一颗子弹，装进了步枪里，尽量不发出一点儿声响。

现在，只要找到最佳的射击位置就行了。杰克蹑手蹑脚地挪到边上一棵有点倾斜的白杨树干旁。科迪站在一边，鼻子微微颤抖，看着他把枪管架在白杨树干上，开始瞄准。

幽灵一般惨白的树干稍稍遮挡了其中的两头鹿，可是第三头却彻底暴露在外边。杰克努力想要稳住手中的枪，可是这一刻，就连体内血液流动的声音都如雷鸣一般喧闹。肾上腺素让他的手微微颤抖，眼前的鹿不时来回走动。

突然，有关死亡的画面毫无征兆地涌入杰克的脑海中：妈妈躺在救护车病床上的样子，布尔尖叫着跌落瀑布葬身谷底的样子。

“别这样。集中注意力。”他极力把那些画面从脑海中赶了出去，做了个深呼吸。然后，他保持双脚与肩同宽，稳稳地扎在地上，枪托抵在自己的肩头，瞄准了那头鹿前肩稍后一点儿的部位。

杰克想起自己学到的技巧，把注意力全放在呼吸上——平稳地深呼吸。他的眼睛一秒钟也没离开过猎物，与此同时，他轻轻拨开步枪的保险，慢慢地把右手食指放在扳机上。

突然，那头鹿抬起头，看向了杰克的方向。

杰克全身一紧，扣动了扳机……

第四章

刺耳的枪声划破了山间的宁静。杰克赶忙放下枪，眼看着另外两头雄鹿跳进了附近的树丛，而他刚刚瞄准的那头鹿没了踪影。

“快，科迪！”杰克喊着，把步枪扛上肩头，“我们走！”

小狗健步如飞地冲在前面，杰克紧随其后，生怕那头鹿逃走了。更糟的是，如果他拙劣的枪法没能把那头鹿一击毙命，而是打成了重伤，那它的死亡会变得漫长而充满痛苦。

他来到那头鹿刚刚站着的位置，看见它　动不动地躺在地上，目光呆滞。鲜红的血液从它肩后不大的弹孔和嘴里缓缓流出。杰克不禁张大了嘴巴。

“我打中它了！”

杰克跪在地上，抚摸着鹿依然温热的身体，指尖滑过鹿皮，触感非常顺滑、柔软。科迪在一旁闻着鹿的脸和脖子。

“我成功了！”他轻声自言自语道，“噢，天哪！”

之前捉到兔子时的感觉又一次涌上心头，骄傲却又混杂着一丝悔恨。他很好奇自己什么时候才会不再有悔恨的感觉，不过他也不想那样。结束一条生命却丝毫不觉得难过，他永远不会变成那种人。

不过，现在他得让爸爸过来看看。杰克站起来，又往枪里装填了一发子弹，举枪对着天空。再开一枪将会宣告他的成功，也会引导阿贝和泰勒赶来这里。

可就在扣动扳机之前，杰克听到身后传来树枝被踩断的声音。杰克以为他们已经来了。

“你们看看这个……”他刚说了半句话，声音就被科迪凶狠的狂吠声掩盖住了，紧接着的一声咆哮让他全身的血都凉了。

他转过身，发现一头凶狠的灰色野兽正张着血盆大口，慢慢向他靠近。一匹狼？不——是一匹郊狼。看它那个样子，是想把杰克的猎物据为己有。

杰克被吓坏了。“走开，”他喊道，“走！”

郊狼看起来似乎在咧着嘴对他笑，好像在说“我可不这么觉得”，并且继续向他慢慢移动。

杰克向后退了退，靠近地上那头死鹿。可是，背后又传来了树枝被踩断的声响。他回头看了一眼，又一匹郊狼，正偷偷摸摸地向他的方向靠近。

科迪来回冲跳着，叫得震耳欲聋。杰克暗暗祈祷，希望这里的动静能大到让爸爸和泰勒都听到。一匹郊狼就够麻烦的了，两匹的话他更是寡不敌众。而且就他的了解来看，肯定还有更多，就躲在周围的树丛里。

他得离开这里。

头一匹郊狼露出牙齿，冲了过来。杰克猛地回过神，举枪朝下就要开枪，可是郊狼的速度太快了。它从科迪身旁闪过，张口便向杰克的腿咬来，逼得他踉踉跄跄地向后退。

杰克转过身，拼尽全力飞奔起来。他冲过树林，头也没回，一直跑到小溪边上。眼看没什么别的方法能穿过小溪，他只得跳进水里。

他的脚在湿泥巴上不住地打滑。突然，他仰面摔进了冰冷刺骨的溪水里，双手胡乱地在空中挥舞着。“啊！”他疼得吸了口气，挣扎着爬上河对岸，身上啪嗒啪嗒滴着水，视线也模糊了。他看到郊狼向自己跑来。远处，他还听到了科迪尖锐的哀号。

它们抓住了科迪！

杰克跌跌撞撞地站了起来，他把裤腿卷了起来，笨拙地拿起了步枪。一阵狂怒充斥着他的内心。任何生物，只要敢伤害他的狗，那就得死。

就在这时，大一点儿的郊狼又张开血盆大口，咆哮着向他冲来。紧接着，脚踝处传来一阵撕心裂肺的疼痛。杰克用力地踢踹，想把郊狼甩开，手里的枪也飞了出去。凶狠的郊狼咬住他的腿向后拉扯，又是一阵钻心的疼痛，他再次向后倒下去，头重重地砸在一块石头上。

头上一阵剧痛，疼得他眼泪都流了出来。虽然头晕目眩，一阵阵恶心难受，可他还是在与郊狼不断咬来的血盆大口搏斗着。狼撕开了他的夹克，杰克的意识已经开始模糊不清了。

一声枪响从树林中传来。“是我开的枪？”杰克晕乎乎地想着。

第二声枪响再一次传来，郊狼松开了他。杰克听到郊狼逃走时爪子慌乱划过地面留下的声响。

之后，整个世界都黑了。

“杰克！杰克，你没事吧？”泰勒喊着。

杰克龇牙咧嘴地坐了起来。一阵剧烈的疼痛如同电流一般穿过他的头，他呻吟了一声又倒了下去，头顶的树木也变得模模糊糊。

爸爸的身影笼罩了他：“杰克？”

“哈？”杰克含糊地说道。

泰勒把哥哥扶了起来，两人手脚并用一起爬上了岸，杰克躺在满是落叶的林间地面上。科迪用热乎乎的舌头舔过他的脸颊。

杰克忽然记起刚刚那声痛苦的哀号：“科迪没事吧？”

话音未落，他便感觉爸爸用什么东西裹住了自己，接着又用强壮的胳膊扶着他站了起来。他尽可能走了几步，感觉像是游走在梦境与现实的边缘，地上的石头和树根又把他绊倒了。他恍惚中瞥了几眼树林和天空，模糊地听到爸爸和弟弟在说话。可他还是觉得自己像是走在梦境之中——一场他醒不过来的噩梦。

*

杰克再次睁开眼时发现自己躺在床上。屋外不知道哪儿传来克拉克灰鸟的鸣叫声，不远处则是某人低沉的鼾声。

“泰勒？”他咕哝道。

“杰克！”

泰勒本来坐在阿贝的摇椅上前后摇晃着，听到声音，他立马冲向床边。科迪还是快了他一步。小狗跳上床，来到杰克旁边，开始舔他的脸颊和耳朵。

“慢点儿，小家伙……”杰克呻吟了一声。

“杰克，你没事吧？”泰勒趴在床边问道，“你感觉怎么样？”

“我感觉有人拿我当彩饰陶罐①了。”杰克眨了眨酸胀的眼睛，“天已经黑了吗？”

泰勒笑道：“杰克，现在是早上了。你睡了一整晚。”

杰克感觉自己的腿有点不对劲。他拉起被子，发现自己的脚踝被软质皮革紧紧地包住了。

“你不记得了吗？一匹郊狼咬了你。我跟爸爸清理了你的伤口，然后包上了香根做的药。爸爸用枪吓跑了郊狼，”泰勒向哥哥讲述着经过，“科迪也帮了忙。”

“谢了，伙计，”杰克说着，挠了挠科迪的脖子和耳

---

① 墨西哥人过生日时将玩具、糖果等礼物盛在此种罐内，悬于天花板上，由蒙住眼的儿童用棒击破。

朵，“我欠你一次人情。”

“爸爸在外面处理你打到的那头鹿呢！”泰勒说，“你还记得那头鹿，对吧？”

杰克点点头。

泰勒轻轻地捶了一下他的肩膀，说道：“那一枪真漂亮，杰克。”

“疼。”杰克揉了揉肩膀。

“对不起，要再吃点阿司匹林吗？”

“要，再来点水。”

趁着泰勒出去拿水和药的工夫，杰克闭上眼睛，想让自己放松一些。可是他办不到，脚踝一阵阵地抽痛。被野生动物咬了，不是应该让医生打针的吗？可他现在只有箭叶香根熬成的药膏，还是他自己熬的……

“我们到底在这儿干什么呀？”他轻轻地自言自语道。“我差点儿死了，那匹郊狼差点儿撕破我的喉咙。如果泰勒和爸爸没有及时赶到的话……”

“给你。”泰勒拿着 杯水和阿司匹林回来了。杰克一口气都喝了下去。

“泰勒，”他一边把杯子递还给弟弟，一边问道，“你就没有想过我们来这儿到底对不对吗？”

泰勒一脸困惑地问:“你什么意思?”

杰克十分谨慎地考虑了一下措辞，说道:“我是说，能和爸爸团聚是很好，能住在这么漂亮的地方也很棒，可是……”

“可是什么?”

杰克叹了口气，继续说道:“我是说，这样的生活太疯狂了。你看看我们遇到的都是些什么事。山猫、断水，现在又是郊狼。在这么与世隔绝的地方，以后要是有更糟糕的事情发生，我们没法及时赶到医院去怎么办?”

“爸爸知道自己在做什么。他会保护我们的安全。”

杰克又躺了下去，感觉前所未有的糟糕。初到这里时，他感到自由。这也是他有生以来第一次可以想去哪儿就去哪儿——这里没有栅栏，没有约束。现在，那些美好的夏日已经成了过眼云烟，黑暗的时光正在逼近，而他也越发觉得自己如同身陷囹圄。

“我们一整个冬天都要被困在这儿了。”他说。

“嗯，我喜欢这儿。”泰勒说，“爸爸很有趣。”

“妈妈怎么办?”杰克轻柔地问道，“如果她知道我们过着这样的生活，你觉得她会说什么?”

泰勒的嘴角微微有些下沉。杰克很清楚他在想什么。

杰克捏了捏弟弟的肩膀，说道："我也想她。"

"我们都没能好好和她说声'再见'……"

泰勒抿着嘴巴，看向了别处。起先，杰克以为他哭了。可是他没有，这是泰勒想到什么主意时的表情。

"想到什么了？"

泰勒与他四目相对。"我知道我们没法现在看见妈妈，"他说，"可是……"

"什么？"

"我找到的那个东西或许能帮上忙。"

"快说说看。"杰克说。

"还记得在杂货铺的时候，爸爸说过有部电话吗？我刚刚找放阿司匹林的急救箱时，找到那部电话了。"

杰克一下坐直了身子，问道："真的吗？"

"真的。"泰勒关上门，又赶紧跑去急救箱那儿。不一会儿，他翻出了一部巨大的老式听筒电话，并拿来递给了杰克。科迪凑近闻了闻又退到了一旁，看起来对它没什么兴趣。

"天哪，"杰克说着，掂了掂电话的分量，"这看着像是老电影里才有的巨型手提电话。"

"我想，如果妈妈的电话留言机还开着，我们就可以，你懂的，就可以再一次听到她的声音了……”

“我们试试看。”杰克赶紧说道，趁着自己没改变主意，说干就干。他深吸一口气，把号码盘上方的电源开关打开了，一个刺眼的小红色灯亮了起来。

杰克按下了他早已烂熟于心的号码，心脏不住地怦怦直跳。听筒里传来一阵噼里啪啦的杂音，像是坏了的收音机一样。

“抱歉，泰勒。我觉得这电话是打不通的。”

又是一阵咔嗒咔嗒的杂音。紧接着，他听到了另一个声音。熟悉的声音让他整个人为之一振。

“噢，我的天哪，打通了！”他说着，把听筒贴到耳朵上。

泰勒把科迪抱到一旁，尽可能地靠拢过来。

兄弟俩头贴着头，听着电话接通的嘟嘟声。杰克知道接下来会听到什么：“您所拨打的电话不在服务区，请挂机重拨。”

忽然，接通声终止了，片刻的沉寂后响起另一个声音：“嗨，我是珍妮弗·怀尔德。我现在不在家……”

杰克和泰勒彻底僵住了，呆呆地坐着，无法呼吸，静静地听着妈妈的声音。不知道为什么，那台旧电话留言机还在工作。不管是什么让这一切得以发生，杰克都在心里默默地感激着。

“就像她还在一样。”泰勒低声轻语。

杰克感觉喉咙有些发紧。他们听完了整段语音，一直到电话里又传来嘟嘟的声音。

泰勒喃喃地说道：“我们是不是该说点什么？”

杰克摇了摇头。

没意义，妈妈已经不在了。

就在他准备挂上电话时，却又听到听筒那头传来模糊的说话声。

“等一下，我在，”那个声音说着，“别挂……”

杰克赶忙又把听筒放回耳边，他的心简直要跳到嗓子眼儿里了。

“喂？”他谨慎地问道。

“喂？”声音再次传来，“你是谁？”

“妈妈？”杰克和泰勒齐声呼喊。

“杰克！泰勒！是你们吗？”

虽然电话里杂音不小，但电话那头是谁的声音他们再清楚不过了。

“妈妈！是我们！”杰克喊道，“你还活着！”

第五章

“噢，我的天哪！”珍妮弗在电话那头哭喊出来，“你们没事吧？”

“我们没事！”杰克大声喊道，“妈妈，你没事，我简直不敢相信！”

“我当然没事了，亲爱的！我都快急死了。我在医院醒来的时候，发现你们俩不见了……”

杰克回忆起几个月前，布尔把妈妈打成重伤，送去了医院。他们就是那时下定决心要离开那里的，连最坏的打算他们都想好了。

“你们在哪儿呢，孩子们？”

“深呼吸。”杰克心里默念。他强迫自己冷静下来，说道：“我们在怀俄明州，和爸爸在一起。”

“什么？杰克，你刚刚说怀俄明州吗？”

“对！我们来了这里，还有……妈妈，对不起，我们走了，我们非走不可。”

“布尔说你死了！”泰勒一阵号哭，“我们就不该相信那个大骗子！”

电话两头都沉默了片刻，然后他们的妈妈继续问道：“你们有布尔的消息？”

“没有，”杰克赶忙说道，“我们不知道他在哪儿。他在哪儿都有可能。”

“杰克，拜托了！”珍妮弗的声音里充满了焦虑，但也有着杰克多年来从未听到过的决绝，“你要是知道他在哪儿，告诉我，别怕。”

“妈妈，我说的就是实话。我们没有他的消息。我们什么也不知道。”

电话里一阵静电的声音，然后传来断断续续的几个字：“布尔……丢了……钱？”

杰克又是一阵恐慌。老式电话感觉随时都要断线了一样。

“什么，妈妈？你说什么？”杰克说道，“我听不到你说话！”

“布尔的朋友一直在问他在哪儿。”他们的妈妈说道，声音中满是焦躁与慌乱，“好吧，也算不上是朋友——我觉得我现在有不少麻烦……”

“你再也不用担心布尔了！”泰勒开心地喊道，把妈妈的声音彻底盖了过去。杰克尽力稳住身体，但还是差一点儿被泰勒挤下床去。他朝泰勒做了个噤声的手势。泰勒睁大眼睛，点了点头，紧紧地闭上了嘴。

“你什么意思，妈妈？”杰克几乎是喊出来的，“什么样的麻烦？”

又是一阵漫长的沉默，杰克生怕电话就这样断了。不过，片刻后他听到妈妈惊恐的低语：“布尔的老大说他要毙了我！”

杰克向后蜷缩了一下身体，像是被闪电击中了一样。他知道自己该做什么，可还没来得及多加思考，话已经脱口而出了：“我们来找你，妈妈。”

“别！”珍妮弗喊道，“跟你们的爸爸待在一起！你们不能来，这太……”

就在这时，通话中断了。

杰克看着电话，红色的电源灯已经熄灭了。他发疯似的又按了好多下电源键，可是没有任何反应。

杰克和泰勒彼此对视了一下，冲出门去找他们的爸爸。

此时的杰克已经全然忘记了脚踝上的伤，整个人感觉轻飘飘的，每一步都像是踩在半空中一样。

“爸爸！”泰勒大喊，“是妈妈！她还活着！”

“什么？”阿贝问道，似乎根本不相信自己听到了什么，“你什么意思？”

“妈妈，”杰克说道，“她还活着。”

阿贝整个人都僵住了：“孩子们，这可不好笑。有些事是不可以拿来开玩笑的。”

“不是开玩笑，”泰勒说，“我们刚刚用你的电话跟妈妈通话了。”“我们本来只是想听听她的声音，”泰勒继续说道，“所以就打了家里的电话，转接到了留言机。可是没一会儿，她就接起来了！”

阿贝放下手中处理鹿的工具。“你们确定吗？”他怀疑地问道，“百分之一百确定是她吗？”

“确定，”杰克说，“信号很差，没一会儿电池也没电了，可是我们说上话了。”

阿贝看看泰勒，又看看杰克，脸上闪过一阵错愕的笑容，眼中泛起了杰克从未见过的光芒。“她说什么了？她还好吗？”

“我们告诉她我们现在和你在这里，我们一切都好。可是，爸爸，她说她现在有不少麻烦。”杰克说道。

泰勒脱口而出：“布尔的老大说要杀了她！”

阿贝脸色突然一沉：“慢点说，告诉我她原话是怎么说的。”

于是，杰克把刚刚通话的内容一五一十地告诉了爸爸。

“真不敢相信。”阿贝喃喃自语道。他把两个男孩儿搂进怀里，继续说道：“我知道你们很担心，可是最重要的是她现在还活着。我们来好好做一顿节日家庭大餐吧，孩子们。看来我们要感谢的不少。”

之后的整个下午，阿贝忙着把鹿处理好，两个男孩儿则在帮忙准备大餐。主菜是野洋葱、胡萝卜和西红柿烤鹿肉，他们早些时候收割的冬笋也一并蒸好了。点心则是用荷兰炖锅做的野莓脆皮水果馅饼。

在匹兹堡时，杰克从没在家里做过正式的晚餐，他迫不及待地想让妈妈看看自己学会了多少新东西。他瞟了一眼桌子，心中暗想：“我们马上就要加一把椅子了。”想到这儿，他咧着嘴笑了笑。很快，妈妈就会来这儿和他们团聚，远离危险和伤害。

泰勒还在因为电话的事情兴奋不已。“妈妈肯定会爱上这里的，你不觉得吗？”他问杰克，这应该是他一个小时内第十八次问杰克了，“我们马上就要一家团聚了！”

杰克把洋葱切成两半，说道：“我们要保护她的安全，这才是最重要的。”

泰勒点点头，想了想，说道：“在找布尔的那帮人，肯定就是雇他办事的那帮人，结果他把事情给办砸了。”

“有可能。”杰克说道，心中不禁想起几个月前他们目睹的那场恶斗：布尔被讨债时，开枪杀了一个人。而那笔钱，正是杰克和泰勒逃亡怀俄明州时带走的那些……

“爸爸会知道要怎么做的。如果我们明天就出发，那下雪前我们就能把妈妈接回这里了。”

阿贝从门外撞了进来，怀里抱满了柴火，一阵刺骨的寒风也跟着他涌进了屋里。他转过身，用脚把门踢上，然后把木柴堆在炉子旁。

“爸爸，”泰勒问，“我们怎么办？明天就出发去接妈妈吗？”

阿贝一言不发，可是杰克看到他的眼睛红红的，充满了疲倦。他拍拍手上的尘土，避开了两个男孩儿的视线。

“这味道不错，”他静静地说，“没什么能比得上自己打来的新鲜肉了。杰克，把桌子摆好，听话。”

杰克照爸爸说的摆好了桌子，可气氛让他紧张不安。这让他想起之前在匹兹堡的日子：默默地吃饭，布尔恐怖的眼神，随时可能爆发的可怕争吵。

“爸爸？”泰勒坚持要问出个答复，“我们什么时候出发去接妈妈？”

“你不懂，孩子。”阿贝说着，眼神略带尴尬地在两只脚之间游移。最终，他看着孩子们的眼睛说道：“我们不……”

第六章

杰克和泰勒僵硬地坐着，房间里一阵死寂。终于，泰勒问道："你是说我们明天先不走？但是我们很快就会出发，对吧？"

"我是说，我们哪天都不去。"阿贝说道，声音小得几乎听不见。

再没有多说一个字，阿贝走出了屋子，留下杰克和泰勒两个人茫然地看着彼此，震惊得一句话也说不出来。不一会儿，两人几乎同时向后挪开椅子，追出门去。他们在门外的火堆旁找到了爸爸，他正看着即将熄灭的火堆。

"爸爸，"杰克问，"你在说什么啊？我们不能把妈妈留在匹兹堡。你没听到我们说的吗？她有危险！"

"她需要我们的帮助，爸爸。"泰勒恳求道。

"我知道，"阿贝一边说着，一边用胳膊搂住泰勒，

“而且我们会帮她。我们会帮她脱离险境。但我们自己贸然前去肯定不行。我们要冷静下来，想想办法。”

“想想办法？”杰克略带讥笑地说道。他不敢相信自己居然会这样和爸爸说话，可他实在怒不可遏。他以为爸爸会很高兴，以为爸爸会迫不及待地回到妈妈身边。

阿贝有些不快：“杰克，你能好好听我说吗？我们现在不能去接你妈妈，即便她想让我们去接她也不行。暴风雪就要来了——我可以从空气中、从动物们的举动中觉察出来。如果我们现在出发，肯定会撞上暴风雪的。”

“你在说什么啊？”杰克吼了一声，捡起一根树枝，用力丢进不远处的黑暗之中，“你现在有第六感了？雪都还没开始下！你就承认了吧！你就是害怕！你抛下我们，一个人远走高飞，你现在不敢面对妈妈！”

一阵漫长的沉默。

阿贝拿了一根树枝插进火堆里，挑起一片火星，深吸了一口气说道：“听着，孩子们，能有你们俩在这儿陪我，我很开心。多年之前抛下你们是我太自私了，我现在想明白了。不过，与家人一起生活在荒野之中一直是我的终极梦想。我刚跟你们的妈妈结婚时，这就是我们的终极梦想。”

“那就去实现它啊！”泰勒说，“我们只要去接她就行了！”

“那你们的妈妈想要什么呢？你们想过吗？”阿贝停顿了一下，用手捋了捋长长的头发，“泰勒出生后没多久，发生了一件事，之后一切都变了……”

“什么事，爸爸？”杰克急切地问道。

“有一次，泰勒生病了，我去找了些草药来给他治病。你们的妈妈想带他去看医生，可我知道他病得没那么重。我想用我的方式来，用自然的方式。我在树林里找药时，我……”阿贝咳嗽了一下，略带尴尬地说，“我惊动了一条铜头蝮，被它咬了一口。”

原来爸爸腿上奇怪的疤痕是这么来的。“可你没有死。”杰克说。

“对，可我差点儿死了。你们的妈妈看我一直没回去，就打电话报了警。而我再醒来时发现自己躺在医院里，看着她当时脸上的表情，我立马就知道了。”

“知道什么？”泰勒粗着嗓子说。

“对她来说，终极梦想结束了。”阿贝说着把树枝扔进火堆，“你们的妈妈非常爱你们两个。她不可能带着你们远离医院，远离文明社会。即便她像我一样热爱大自然中的一切，可她更爱你们两个。”

杰克感觉喉咙哽住了，泪水刺痛了他的眼睛，可气一点儿也没消。阿贝的固执己见与不肯妥协已经让他们的家庭分裂过一次了，可他现在仍然不愿做出一点儿让步。

阿贝看着两个男孩儿：“你们说要去接她时，她说了什么？”

“她说要我们别去，”杰克不情愿地答道，“让我们跟你待在一起。可是……”

“没错，”阿贝打断了他，“我不知道是谁在骚扰你们的妈妈，可是如果他们和布尔是一类人，那他们一定很危险，非常危险！你们的妈妈非常聪明。如果她不想让你们去，一定有非常充分的理由，因为我知道她肯定也急切地想见到你们。可是，在她看来，确保你们的安全，比其他任何事情都重要。”

“我们也很聪明，”杰克坚称，“我们可以去接她，带她来这里，没有人会知道的。这样一来，我们就都安全了。”

阿贝摇了摇头：“别太天真了，杰克。你知道我喜欢独来独往，可是有时候，聪明的做法是寻求帮助。我们需要和有关部门取得联系。他们会逮捕恐吓你们的妈妈的人，确保她的安全。然后她再自己决定怎么做，来这儿和我们一起生活也可以，或是接你们回宾夕法尼亚州也可以。我又试着拨了一次电话，还是没有信号，不过应该很快就会有的。如果一直没有信号，等眼前的暴风雪过后，我会想办法找路去镇子上，从那儿打电话出去。”

“可是……”杰克满脑子都是这个办法行不通的各种原因。即便那部笨重的老式电话明天又能用了，如果把警察卷进来，他们就得交代布尔的事，以及被他们拿走的那笔钱……总之，如果真这么简单，妈妈早就已经报警了。

“这件事就按我说的办，这个话题可以打住了，杰克。”阿贝说。

杰克憋了一肚子火。又是这样，爸爸觉得自己想得最清楚了。他又怎么会关心妈妈呢，多年前他就曾抛弃过妈妈一次，她的生死对他来说有什么大不了的呢？

泰勒站起身来，摸了摸肚子，强颜欢笑的样子让杰克看着很不是滋味：“有人肚子饿了吗？我们去吃节日晚餐吧！”

“终于有人说到点子上了。”阿贝弱弱地笑了一下。

“科迪可以把我那份吃了。”杰克吐出一句。

“嘿，伙计，你就……”

“我不饿。”

阿贝站了起来，眼中充满了悲伤：“随便你吧，杰克。不过我要去吃你打回来的鹿了，还要感谢上苍让你们的妈妈还活着，让我和两个儿子团聚。我已经失去过你们两个一次了，我不会再冒任何可能失去你们的风险了。”

*

那晚，杰克睡得很不安稳，中间断断续续醒来了好几次。同床的泰勒传来低沉的呼吸声，此外，他还能听到房间另一头阿贝的鼾声。爸爸盖的被子是妈妈亲手做的，漂亮的拼布被子，上面的图案各不相同。

他睁着眼睛躺在床上，脑海中一遍又一遍地回想着自己与爸爸的争执。明明知道远在大陆的另一头，一帮恶棍正企图加害他们的妈妈，爸爸为什么还能睡得这么安稳，他怎么也想不明白。现在这样什么也做不了让他备感无助，而这也是他难以忍受的。

爸爸坚信自己是对的。不过他或多或少都承认了一点：牺牲家庭追求自己的梦想是个错误。可是如果这次他又错了呢？杰克很清楚，他不能冒这个险——特别是在妈妈命悬一线时。不！他不能等着爸爸有所行动。

杰克躺在那儿，心中想出了一个计划。

就在破晓前，他听到爸爸起了床，点着了木炭炉子的火。很快，他便闻到了咖啡的味道。杰克假装睡着，听着爸爸收拾衣物的声音。终于，他听到爸爸走出小木屋，去外面检查陷阱的暗线。一整晚都没下雪——所以，关于这一点爸爸也说错了。

杰克飞快地穿好衣服，摇了摇泰勒。科迪舒服地蜷缩在毯子下面，头伸在外面，躺在两个男孩儿之间。

泰勒抱怨道：“别吵我。”

“泰勒，醒醒。”杰克非常坚决。

弟弟滚到他身边，黄褐色的头发睡得乱七八糟的：“怎……怎么了？早上了？”

“还没，不过快起来。”

“为什么？”

“因为我们要离开这儿。”

泰勒猛地瞪大了双眼：“你在说什么啊？”

杰克爬下床，站在旁边：“我们要去接妈妈。”

“爸爸改变主意了？”泰勒一边问一边坐了起来。

“没。他刚刚出去检查陷阱了。我们得在他回来之前离开。”

“我们要离开爸爸？”

“对。”

“永远？”

“我不知道。”杰克说道，这倒是句实话，“你也听到妈妈说的了，泰勒。她需要我们，如果爸爸不马上去接她，那我们自己去。”

“可是怎么去？”

“泰勒，我们会想到办法的。我们成功过一次，这次肯定也可以。而且，这一次我们知道自己在做什么，不是吗？”

泰勒有些犹豫：“我猜是吧……”

“所以啊，快点。我们得赶紧了。”

泰勒不情愿地下了床，科迪在身后紧跟着。两个人动作非常迅速，把找到爸爸之前好朋友斯基特送给他们的背包又翻了出来。和当初离开匹兹堡时不同，这一次两个男孩儿清楚地知道要在荒野中生存需要哪些东西。杰克心里早已拟好了一张必需品清单，每塞进包里一件，就默默划掉一项。

两瓶水、睡袋、地图、指南针、小折刀、便携式铲子、急救箱、手电筒、雨衣、换洗的袜子与内衣、两件换洗的T恤衫、绳索、火柴、拉链袋、露营杯、刀、叉、勺子、两升的水壶、斧子……

他装得差不多时，泰勒也收拾好了，不过他看上去还是有些拖拖拉拉的。

“雨衣和厚衣服装了吗？”杰克问道。

“当然，”泰勒回答，“听着，杰克，爸爸会大发雷霆的。我不知道这样做对不对……”

“我不管他会不会大发雷霆，”杰克打断了他，“现在唯一重要的就是妈妈。”

杰克从床后面一个隐蔽的地方拿出一个装满了现金的袋子，那是他们从布尔那儿拿走的钱。两个男孩儿彼此对视了一下。然后，杰克把袋子扔给了泰勒。

杰克拿的最后一件东西是他们去镇上时他买的笔记本。本子已经快写满一半了，上面记录的全是他们来到怀俄明州之后的见闻，以及他们做过的事情。就在他把本子往包里塞时，泰勒问道：“你不觉得我们至少该留个便条吗？”

杰克犹豫了。

他想：“爸爸七年前离开我们时也没留个便条。”

可是，他还是从笔记本上撕下了一页，递给泰勒：

“给，你来写。”

泰勒在纸上草草地写了些什么，然后用钉子把它钉在小木屋的水池上方。

两个男孩儿拎起背包，最后环顾了一下四周。

“你准备好了吗？”杰克问。

“嗯……我猜是吧。”

“来吗，科迪？”杰克问。

小狗摇了摇尾巴，两个男孩儿带它去哪儿它都愿意。

破晓前的天空中依然繁星闪烁，他们悄悄走出小木屋，踏进荒野之中……

第七章

清晨来临时，两个男孩儿和科迪正坐在一块布满青苔的大石头上，身旁是一条潺潺的小溪，蜿蜒地流经满是松树与冷杉的山谷。岸边的溪水已经结了冰，较浅的地方覆上了一层薄薄的冰片。爸爸的世界与他们的目标——高速公路之间隔着一座大山，两个男孩儿费了九牛二虎之力才翻过去。最后，他们浑身的肌肉都酸软无力，不得不停下来休息片刻。

“你说爸爸会来追我们吗？”泰勒一边问，一边用牙撕开一片鹿肉干。

“他为什么会来？”杰克说道，嘴里正嚼着一块难咬的肉，“他就想待在那里，不是吗？他也不打算承认自己的错误。”

“可是他爱我们……喜欢我们在他身边。他昨晚才说的。他会担心我们的，肯定会的。”

“是吗？如果他真那么在意，为什么还得让我们来找他？如果这个地方真那么好，他为什么不来接我们？”

“别无理取闹了，”泰勒低着头说道，“他给我们写了很多封信——我们没收到信又不能怪他。”

杰克喂了一块肉干给科迪，低头看着摊开在两人之间的地图。

“管他呢，”他说，“就算他来追我们，我们也早就上高速公路了。我们至少比他先出发一个小时，甚至更多，而且我们的行进速度和他的几乎差不了多少，可能比他还快。”

往常，泰勒听到这句话肯定会得意地笑一笑，可是现在他却没有笑。

杰克低头注视着地图：“一旦我们上了公路，应该就能搭到顺风车。要是运气好，我们就能坐到里弗顿，运气要是再好点，说不定就能坐到卡斯珀，我们可以在那儿买到大巴票。谁知道呢？运气好的话，我们说不定两天就能到匹兹堡了。”

“然后救出妈妈。”泰勒接着说，这个念头让他振奋了不少。

杰克笑了笑："没错，所以我们行动吧！"

他们帮对方重新背好背包，杰克低头看着他们的小狗，科迪正绕着圈又跑又跳，急切地想要出发。

"带路，科迪！"

*

两小时后，他们来到了高速公路旁。太阳被浓烟般厚重的云朵层层遮蔽，空气中的寒冷开始变得有些刺骨。也正是这时，零星的几片雪花开始从空中飘落。

"我们走得正是时候。"杰克暗自想道。如果他们像阿贝所想的那样再等等，那就再也没法离开小木屋了。

他们找到高速公路旁一处可以临时靠边停车的开阔空地，杰克伸手竖起了大拇指。要不要对迎面而来的车辆报以微笑呢？杰克自己也不知道。去年夏天来怀俄明州的路上，他们跳上过货运列车，在休息站认识的一位司机也载过他们一程，后来还逃票坐过旅游大巴。而搭便车这种事，他只在电影里看到过。

"希望我们不要搭上怪人的车。"泰勒说道。

杰克也想过同样的事情。"你的弹弓带了吗？"他问。

“就在这儿。”

“那我们就不用怕。而且，我们还有全世界最好的护卫犬，不是吗？”

泰勒想笑却没笑出来。

十分钟后，杰克举着的手臂都发麻了，心中更是备感沮丧。高速公路上几乎就没什么车，好不容易有几辆小轿车和货车经过，可是竟然没有一辆放慢速度瞧上两个男孩儿一眼。雪却越下越大了。

“我们把雨衣穿上吧。”杰克说道。

“或许我们该自己往前走了。”泰勒回头看了看，建议道。

“再等几分钟看看。”杰克说道。

泰勒摇了摇头，坐在自己的背包上。穿上雨衣后，他看起来就像一顶小帐篷，科迪也蜷缩其中。

两人就这样等着，寒冷与焦虑让杰克心神不安。

爸爸现在应该已经看到泰勒留的便条了。

杰克已经做好了心理准备随时会看到爸爸，看到他朝他们跑来，脸上满是受伤和遭到背叛的表情。说不定他还找了警察和他一起。不管怎么样，他肯定会试图阻止他们。

杰克最后一次回头看了看。“好吧，”他叹了口气，“我们走路吧！”

“你看！”泰勒大喊道。

一辆老款的大众野营车在主路上拐了个弯，减速向他们驶来。两个男孩儿冲向那辆车，大声呼喊，直到车子彻底停了下来。

随着一声锈铁的嘎吱声，野营车的侧门突然被推开了。

一个棕发女孩儿探出头来：“这天气徒步旅行太冷了。”

“呃，是啊，”杰克气喘吁吁地说道，“你能带我们一程吗？”

“你们要去哪儿，伙计们？”坐在驾驶座的金色鬈发男人问道。杰克注意到，副驾驶座位上还坐了一个女孩儿，也正盯着他们。三个人看起来都是大学生。

“呃，我们想去卡斯珀。”杰克说道。

“酷，”司机说道，“我们不去那么远，不过带你们去里弗顿倒没问题。”

“或者送到去卡斯珀的路口——那个地方叫什么来着？”副驾驶座位上的女孩儿说道。

“肖肖尼。”打开车门的那个女孩儿答道。

“你们觉得怎么样？”司机又问。

“太棒了。把我们的狗也带上可以吗？”

就在这个时候，科迪一跃跳上了野营车。两个女孩儿齐声叫了出来。

“它好可爱啊！”

杰克觉得这应该就是同意了的意思。

“上来吧，伙计们。”司机说道，“你们的东西放在后面就行了。”杰克与泰勒把他们的背包拖上了野营车，关上了车门。片刻之后，男孩们和科迪就舒服地坐在温暖干燥的野营车里了。车子闹哄哄地继续在高速公路上向前开去。

“噢，对了，我叫布里特妮。”刚刚打开车门的那个女孩儿说道，“那个是德斯蒂尼，开车的是蔡斯。”

“嗨，你们好啊。”蔡斯举起一只手跟他们打了个招呼，“我就不问你们两个小家伙独自跑到这荒郊野外来干什么了。那不关我的事。我们都是来旅行的，你们懂吧？”

“当然。”杰克也不知道还能怎么说。

“不过，你们今晚一定要给自己找个安全、温暖的地方。今晚的雪会下得非常大的。”

“蔡斯可了解下雪那点儿事了。”布里特妮说着朝杰克眨了眨眼。

蔡斯哈哈大笑：“我们就是为这个来的，伙计。我们打算去看看梅多拉克滑雪场，就在滕斯利普峰附近。”

杰克注意到后座上堆着六个滑雪板。

“真棒。”他说道。

这辆车时速估计 80 公里都不到，不过杰克也不在意。起码他们已经上路了，他们与阿贝的小木屋之间也有了不小的距离。

“看到没，泰勒？”

“哈？”

“我跟你说过，这就是小菜一碟。”

泰勒耸了耸肩膀，感觉并不是很认同：“到目前为止还行吧，我觉得。”

杰克打了个哈欠，伸了伸懒腰，放松了下来。刺耳的金属音乐在喇叭里轰鸣着，他闭上眼睛，任由音乐将他淹没。

直到一声巨响把他惊醒。看其他人的样子，他们也听到了。

“刚刚那是什么声音？”德斯蒂尼问道。

蔡斯看了看她，说道：“我也不知道，宝贝，不过车还在开，我觉得没什么大不了的。”

“呃，各位？”泰勒提高的嗓门盖过了音乐声，“车后面该这样冒黑烟吗？”

“什么？”蔡斯叫道，他双手紧握方向盘，扭头看了看，“噢，该死的！”

他踩住刹车，车子转向高速公路旁宽阔的临时停车处。停好车后，蔡斯推开他那边的车门，一步跨了出去。紧接着，他又一把拉开侧门，推开一大摞背包和行李，从其中一个座位下面拿出一个小灭火器，然后又急急忙忙跑到车后面，想要打开后罩。可他的手刚一挨着，便立马缩了回来。

“烫死了！”他叫道。

“废话，它着火了啊！”布里特妮喊道。

泰勒与杰克也跳下了车子，一头扎进愈加强劲的暴雪之中。泰勒取下戴着的棒球帽，说道：“给，用这个！”

蔡斯垫上帽子，再次尝试打开后罩。这一次，后罩应声而开——伴随着浓浓的黑烟与火光。

“噢，天哪！”德斯蒂尼抱怨了一声。

科迪开始狂吠，所以杰克把它抱了起来，远离那燃烧的引擎。

蔡斯拉下怀中灭火器上的插销，对着火焰喷出白色的泡沫。火光立马就熄灭了，可是滚滚黑烟还是不断地从车里冒出来。

“怎么回事？”布里特妮问道。

蔡斯小心翼翼地靠近发动机，浓烟慢慢散开后，他仔细瞧了瞧。

“发动机烧了，就是这么回事。”他抱怨道，伸手拉出一根黑色的电线，线上的电阻丝已经基本上烧光了。

杰克让科迪老实地坐在地上。然后，和弟弟靠了过去。

“你能修好吗？”泰勒问。

蔡斯烦躁地把线甩开，说道：“不行，你能吗？”

“呃……不行。”

“机油报警灯亮了有一会儿了。我猜应该是机油油量过低，发动机过热了。”蔡斯啧啧地说道，“好吧，不管怎么样，我们一时半会儿哪儿也去不了了。”

杰克也低声抱怨了一句。

正当蔡斯和两个女孩儿商量应该怎么办时，杰克把泰勒拉到一旁，从包里翻出了那张地图。

“现在怎么办？”泰勒盯着还在飘雪的天空，低声问道，“我就知道那辆破车靠不住。”这会儿的天空，灰蒙蒙的，如同老照片一般。

“我们继续走，就这么办。”杰克没好气地回答道。

“你看，我们距离里弗顿还有大概 40 公里的样子，”泰勒指着地图上的高速公路说道，“我们可以再搭一辆顺风车……或者我们可以回……”

杰克皱了皱眉——无视了泰勒的第二个建议。“要等这辆车修好估计还够等的，再搭别的车也不一定搭得到。而且，如果他们打电话求助警察……”

他指着地图说道：“我们现在在猫头鹰溪山山脚，看到没？你看看这条路，它径直翻过群山，直接连到瑟莫波利斯。我们可以走这条路。”

“这有 65 公里啊，杰克！”

“对，可是大部分都是沿着泥土路的，花不了几天我们就能走完。我们之前也这么干过……”

泰勒看起来对此十分怀疑，不过他还是说道：“我猜，我们要不惜一切代价回到妈妈身边。”

两人回到还在冒烟的野营车旁，蔡斯看起来十分沮丧：“车子报废了，伙计们。我们得把它拖回杰克逊去。”

“真遗憾。”泰勒说道。

“是啊，太遗憾了。”杰克说道，“不过，你看，啊……我们得上路了。我们会给我们的妈妈打个电话，她会来接我们的。”

蔡斯只是简单地点了点头：“你们的妈妈，哈？随你们怎么说。”

“谢谢你们载我们一程。”

蔡斯摆了摆手：“真希望我们还能再带你们走一段。你们找暖和的地方待着，别冻着，好吧？大暴风雪要来了，不过我短期内是没法去滑雪了。”

路旁的积雪已经有八九厘米厚了。

“我们会没事的。”杰克这么说着，希望自己的声音听起来足够有说服力。

“给，”蔡斯说着，转身从放在车后的一个旅行袋中翻出两张薄电热毯，还有两顶织得很严密的羊毛滑雪帽，“这些给你们滑雪的时候用。”

“呃，我们不去滑雪，”杰克说道，“不过带上这些准没错，谢谢了。”

“什么？不滑雪？”布里特妮说道，“你们之前没滑过雪吗？”

杰克与泰勒相互看了看：“呃，没有。我们坐过雪橇。”

“小老弟，那我们可得做点儿什么。”

她爬进堆满了滑雪板的车厢里，拿出一个满是涂鸦的旧滑雪板。

“有点儿旧了，不过你们还是能尽兴的。我就是这样。”布里特妮说着，把滑雪板递给了泰勒。

“谢谢！”泰勒抚摸着滑雪板光滑的表面说道。

“你们真是我见过的最酷的人。”杰克说道，“我，呃，我猜我们最好还是赶紧上路。”

“祝你们好运，”蔡斯严肃地说道，“愿狂风永远追不上你们。”

泰勒把滑雪板绑在自己的背包上，两个女孩儿帮他们重新背好了行囊。他们道了声“再见”，便开始了高速公路上的长途跋涉，谁也没有回头。

然而，此时的天气还在恶化。没过多久，浅灰色的云朵就变成了深深的炭黑色。天空中开始飘起了鹅毛大雪，雪花带着刺骨的寒冷亲吻着他们的脸颊。当杰克迎着飞舞的雪花，踏入渐暗的夜色中时，他意识到，现在想要回头已经太晚了。

“小菜一碟。”他之前是这么说的。现在，这句话不断在耳边响起，充满了嘲笑的意味。

第八章

杰克与泰勒沿着高速公路走了将近一公里，沿途寻找下高速的岔路口，居然没有一辆车从旁边经过。

“大家都去哪儿了？”泰勒不安地说道。

“只是这一带比较僻静罢了，没什么。”杰克答道。

“我猜就连当地人都不怎么来这儿。”

终于，杰克找到了他在地图上看到的那个岔路口，总算是让他松了口气。他们横穿高速公路，来到了那条岔路旁。这条路还没有铺上沥青，但是笔直地伸向北方，在月光的照射下显得更加阴冷凄凉。

“你确定是走这条路，没错吗？”泰勒问道。

“我想是的，”杰克说，“即便不是，我们还有指南针。我们会想出办法的。”

踏上这条路的那一刻，杰克又不禁怀疑自己这么做到底对不对。在爸爸的小木屋周围，绿树成荫，要找个栖身之处再容易不过了。可是这里，除了灌木蒿和金花矮灌木外，什么也没有。沿途都没有可以挡风的地方，阵阵寒风无情地吹过他们的脸庞，刺骨的寒冷让他们的眼泪都快流出来了。

蔡斯送给他们的帽子的确很暖和，可是这还远远不够。雪现在下得很大，漫天的鹅毛大雪已经让他们看不清前面的路了。“爸爸是对的。”杰克悲伤又懊悔地想着。暴风雪已经来临，而他们正迎头闯入其中。

没过多久，厚厚的雪便笼罩住了他们的肩头，他们的手指也早已冻得麻木无感。透过绵绵不绝的大雪，杰克只能模糊地看到猫头鹰溪山的轮廓，别的什么也看不见。这条本来污迹斑斑的路，现在已经彻底被白雪所掩埋。

“我冷。”泰勒抱怨道。

“坚持住。”

“我们走错路了，杰克！我敢肯定！”

杰克也很确定。他已经怀疑了好一会儿，可就是不愿意承认。都是他的错，是他说服弟弟来的，是他领着他们走上了一条不知道通向哪里的废弃小路。他很想回过头去大声呼救，可是他很清楚，那样做于事无补。

“好吧，假设我们走错了路。我们该怎么办？”

“爸爸就会知道。”泰勒说道。

“是啊，可他不在这儿。”杰克打断了他，“我们得自己找个地方挨过这场暴风雪。”

杰克喘着粗气，顶着刺骨的暴雪艰难跋涉，尽可能地把自己裹得严严实实的：“我们要集中注意力，睁大双眼。你要是看到哪儿能躲一躲的就喊一声。”

山上的积雪已经比高速公路旁的厚了不少，只有最高的几株灌木蒿顶部勉强从皑皑的积雪中露出。杰克连一点儿形似遮蔽物的影子也没有看到。终于，他忍无可忍，发出了一声充满沮丧的啜泣。就在这时，风好像也突然加大了一挡似的，呼啸而过，径直刺穿了他的衣服。真是雪上加霜。科迪低声呜咽着，蜷缩在两个男孩儿的腿之间，希望能够以此躲避寒风。

“我希望我们有顶帐篷。”泰勒不住地跺着脚取暖。

杰克刚准备跟他说别白费口舌空谈希望，可泰勒的话让他灵光一闪。在大约 15 米之外，他发现了一处浅浅的小坑。

“去那下面。”他告诉泰勒。

泰勒像看疯子一样看着他：“那儿的雪更深！”

“我知道。快走，除非你想在这儿冻死。”

科迪在后面紧紧地跟着他们的足迹。两个男孩儿艰难地爬下去来到小坑旁，放下了他们的背包。

“我们要干什么？”泰勒问道。

“我们来给自己搭一座雪屋。”杰克说着，戴上了阿贝给他的鹿皮手套，好让已经冻得通红的手指免受寒风的进一步摧残。

“我们搭不出冰屋的。”泰勒喊道，“我们要从哪儿开始？”

“雪屋和冰屋不一样。总之，爸爸跟我们说过的。他当时从狼群那儿逃走之后，自己也搭了一座。”杰克极不情愿地承认，狂风把雪花刮进了他的嘴里，“所以，要搭起一座来肯定不会太难。”

泰勒要么是太累了，要么就是太冷了，总之他不想再继续争论下去。于是，他也默默地戴上了手套，与哥哥一人拿着一把便携铲子，开始把大量积雪铲在一起。

整个过程比杰克预计的要久得多。每次他们铲上去一些雪，风就要吹走一半。由于铲雪用上了全身的力气，他开始出汗了。身上有一层薄薄的汗，这时候寒风再一吹，更是冷得无以复加。

二十分钟后，雪堆终于有胸口那么高了。

“拿些树枝来，横在顶上。”杰克指示泰勒。

泰勒明白为什么要这么做：“我这儿有更好用的。”说着，他从背包上解下布里特妮送给他的滑雪板，把它横插在雪堆的正中间。“就像她早知道会这样似的。”他大喊着，盖过了狂风呼啸的声音。

“是啊。”杰克气喘吁吁地说道，同时又放了几根灌木蒿树枝在滑雪板旁。

“房椽”就位之后，两个男孩儿又往上面堆了大约半米的雪。杰克后退几步，气喘吁吁地点了点头。“要开始挖了。”他说。

两个男孩儿轮流在滑雪板和灌木蒿树枝下挖起洞来。就连科迪也加入，用它的小短腿努力地挖着，雪花扬到空中，像喷泉一样。他们斜着往下挖，这样一来他们栖身之所的入口就能免受狂风的侵扰。

终于，雪屋搭好了，两个男孩儿手脚并用地爬了进去。这时二人早已筋疲力尽。在煤油灯的映照下，他们的小洞穴感觉还算是舒服的。狂风依然呼啸不止，大雪也依然下个不停，可现在，那一切都在外面了。

“这几乎就是个冰屋。”泰勒困倦地说道。科迪叫了几声好像在表示赞同，然后原地转了好几圈，最后终于卧了下来。

杰克拉住泰勒的胳膊：“我们不能睡在雪地上。快点儿，我们还有事情要做。”

两个男孩儿把自己的雨衣和毯子铺在洞里的地面上，然后铺开了睡袋。杰克用一根小树枝在雪屋顶上捅了个小洞当作通风口，泰勒又从附近的灌木丛里找来些树枝，在洞穴入口处生起了火。两人煮了点热茶，配上冰凉的饼干、干肉饼和鹿肉干吃了起来。

这会儿，灰蒙蒙的夜色已经笼罩了大地。雪稍微小了一点儿，可狂风依旧呼啸，好像永远不会停止一般。两个男孩儿退回他们的雪屋里，用雪堵住入口，又留了另一个小洞通风。然后，他们钻进各自的睡袋，与科迪紧紧地蜷缩在一起，互相取暖。

关灯前，杰克犹犹豫豫地说道：“泰勒？”

“嗯？”

“我之前说的，说这事肯定是小菜一碟，真是太傻了。”

“嗯。”

“对不起。我只是想回去找妈妈，可是……”

一阵鼾声打断了他，泰勒已经睡着了。

那一晚，两个男孩儿断断续续地醒了好几次。洞里一直都挺暖和的，可是身下只垫了一层毯子和雨衣，地面的寒气很快便渗入骨髓。狂风的怒号与咆哮吵醒了杰克好几次，他从泰勒牙齿打战的声音可以听出来，弟弟也睡得并不安稳。

待一束微弱的晨光射进雪屋时，两个男孩儿早已浑身僵硬发麻了。虽然一晚上没睡安稳，可杰克还是感觉重获生机、干劲十足，就像自己直面了一次考验，并最终顺利通过了一般。

“跟这个比，爸爸的小木屋简直就是五星级酒店。”他抱怨着伸展了一下四肢。

“没错，”泰勒说道，“我真同情因纽特人。”

他们挖开堆在雪屋入口的雪，从里面爬了出来。外面的风终于停了，雪也不下了。不过，暴风雪留下了半米厚的积雪，周围一片荒凉的景象，空气中弥漫着浓浓的雾，他们环顾四周，能见度不到一百米。

“这怎么知道方向？”泰勒一边问，一边跺了跺脚暖和一下。

“你问住我了。”杰克一边说着，一边在他背包的各个口袋里翻找着，“嘿，泰勒，指南针呢？”

“你没拿吗？”

杰克又拉开另一个口袋，说道：“我以为你拿了。”紧接着，他注意到有个口袋他昨天忘记拉上拉链了——指南针就放在这个口袋里。杰克的心往下一沉。

“噢，不！记得我们昨天追那辆车的时候吗？”

泰勒摇了摇头。“噢，老哥，”他抱怨道，“没有指南针，地图就没用了吧？”

杰克没有回答。他掰着自己的指关节，看向别处。“我又搞砸了。”他心想。

“等一下，”泰勒说道，“我知道了！我们可以通过太阳找到方向。”

杰克将双手举向空中，空气中浓雾弥漫，一点儿阳光也看不到：“也许等雾散了才可以。”

泰勒叹了口气，说道：“或者我们可以往回走？原路走回高速公路去？”

有那么一刻，杰克觉得也只能这样了。可很快，他又想到他们可能面对的场景：一辆巡逻警车靠边停下，警察问了很多他们无法回答的问题。更恐怖的是，他一度觉得自己会看到布尔的尸体，躺在停尸房里，盖着被单。他是很生爸爸的气，可他也不想爸爸被抓去坐牢。

“要我说，我们继续前进，”他说，“就靠我们自己，我们应该能找到路穿过群山抵达瑟莫波利斯，有没有指南针都没关系。你说呢？”

泰勒笑道：“算我一个。我们可不能辜负我们怀尔德[①]的名字，对吧？”

杰克拍了拍他的背，说道：“好，来吧，收拾一下。”

早餐草草吃了点鹿肉干和饼干后，泰勒从雪屋里挖出了他的滑雪板。紧接着，两个男孩儿就出发了。根据前一天走的路，杰克猜测着哪边才是北方，领着弟弟往地势更高处走去。没过多久，他便意识到这项任务可一点儿也不轻松。

“老天，雪真深。”他咕哝着在厚厚的积雪上艰难跋涉。

“是啊，要不要我来开一会儿路？”泰勒问道。

“当然，我们换着来。”

“我们该让科迪来开路的。”泰勒开玩笑说道。他们

---

① 两个人的姓氏为 Wilder，音译为怀尔德，英文还有“荒野之人”的含义。——译者

回头看看跟在后面的小狗，它倒是很高兴看着孩子们搞定最麻烦的事情。

虽然积雪很深，可两个男孩儿的进展还算不错——至少开始是的。可是走着走着，前面的路突然没了，他们不得不顺着一个陡坡向上跋涉，沿着山脊继续前进。可没过多久，山脊又突然转变了方向。就这样，他们迂回曲折地沿着山脊走了几个小时。终于，他们停下了脚步，备感沮丧地看着彼此。

“杰克，我们现在比刚刚更找不到方向了。”泰勒说道。

“是啊，我知道，”杰克承认道，“我们停一下。”

杰克铺开毯子，两个人坐了下来。泰勒掰开了他们最后一块鹿肉干。

“你知道我们现在在哪儿吗？”泰勒问道。

杰克环顾了一下四周。太阳还没从浓雾中露出身影，所以他们的地图依然毫无用处。

“不知道，”他说，“不过我们就沿着这条路继续走。”

杰克猜了一个他觉得最有可能的方向，领着弟弟往更高的地方走去，沿途搜寻着任何看起来不是死路的峡谷或山脊。

他们就这样走着，没过多久，前面的路突然拔高，变得更加陡峭——几乎成了悬崖峭壁一般。他们花了两个多小时才沿着崎岖的山路爬上山顶。到达山顶后，他们丢下背包，感到前所未有的疲惫，就连科迪看上去都筋疲力尽了。

“你觉得妈妈现在在干什么？”泰勒问道。

杰克闭上眼睛，面向远处的一片冬日景象，任由弟弟的问题在寒风中散去，没有作答。事实是，他什么答案也不愿意想——太容易想到最坏的情况了。

他们在那儿休息时，山脊上的浓雾终于开始慢慢散去。太阳终于露出身影，一个银色的光球在地平线上缓缓升起。一丝微弱的温热掠过脸庞，杰克睁开双眼，站起来去拿他的背包。泰勒也跟了过来。

结果，杰克发现他们比他预期的方位偏西太多了。他开始研究地形，想要找出他们接下来该往哪儿走。这时，泰勒喊道：“杰克，你看！那下面是栋房子吗？”

杰克转过身，斜眼看了看。起先，他什么也没看见。

“就在那儿。”泰勒说着用手指了指。

紧接着，杰克也看到了——他们下方的峡谷中有一个小小的建筑物轮廓。房子距离太远，细节都看不太清，不过一阵羽毛般的烟雾正从烟囱里徐徐冒出。杰克的精神也为之一振。

“好眼力！”他跟泰勒说，“如果能下到那里去，我们或许就能找到路，或是搭上顺风车去瑟莫波利斯了。”

“我们还等什么？”泰勒说着一把拽起了背包。

杰克领路，他们沿着山脊的另一侧开始下山。下山的路依然十分陡峭，没过一会儿，杰克的腿就酸软不堪。

下山跟刚刚从另一侧上山一样困难。

“真希望我们能直接滑到那座小木屋去。”杰克说道。

杰克感觉有人敲了敲自己的肩膀，于是回头看着泰勒。他正笑着拿出他的滑雪板：“怎么样，杰克？”

杰克也笑了。看来滑雪板是他们最有用的东西了：“你想先来，这样我就可以看你摔个四脚朝天了？”

“嘿！我可是专业的！”泰勒发出抗议。

杰克帮着泰勒把靴子固定在滑雪板的脚踏处。虽然大小很不合适，不过他们还是勉强扣好了卡扣。终于，泰勒稳稳当当地站在了滑雪板上，准备尝试一下。

“好了，”泰勒最后说道，“下面见了。”

在杰克的帮助下，泰勒踩着滑雪板用力一蹬——脸朝下摔进了雪里。

杰克放声大笑，科迪则跑过来舔泰勒的脸。就连泰勒自己，也一边从雪地里爬起来，一边笑出了声。

“再试试。”杰克说着扶他站了起来。

泰勒继续尝试——反反复复试了得有几十次。能摔倒的姿势他基本上全摔了个遍：脸朝下摔倒，仰面摔倒，原地转了个圈然后侧身摔倒。终于有一次，他在摔倒前完成了转弯。再之后的一次，他成功地转了三个弯，还沿着坡向下滑了约 30 米。

“差不多了！”杰克喊着，跟科迪一起追着泰勒往山坡下跑去。

身后的一切消失在一个又一个陡坡后，泰勒在最下面的第一个陡坡处等着杰克和科迪追上来。

“该你了，杰克。”泰勒说道。

“呃，我不知道，泰勒，”杰克说，“我搞不好会摔死的。”

“你会没事的，可好玩了！”泰勒说着，把靴子从踏脚处拔了出来……

杰克正准备踏上去试试，忽然感觉两腿猛地一颤。

“哇哦，刚刚那是怎么了？”他激动地盯着泰勒说道。

“你也感觉到了？”泰勒问，“我以为是刚滑完雪，我腿还有点发抖……”

突然，身后的一切都开始移动。山上响起一阵低沉的轰隆声，阵阵巨响撼动了盖满厚厚积雪的大地，让杰克的双腿不住地随之颤抖。就在这时，杰克终于看清楚发生了什么——30 米宽的积雪层全部松动了，径直朝他们站着的地方涌来！

杰克大喊道：“泰勒，跑！雪崩了！”

第九章

杰克与泰勒一把抄起背包，朝山腰处狂奔过去。杰克慌乱地回头瞟了一眼，雪崩如同在平地上卷起一阵巨浪，轰鸣着朝他们冲来。

“快！”他尖叫道。

“我也想啊！”泰勒喊着，慌乱地在雪地上艰难地奔跑。科迪紧随其后。

杰克也疯狂地跑着，内心的恐惧让他丝毫不敢放慢脚步，脚下的这座山好像随时都会轰然倒塌一般。他抱起科迪，全力冲刺，可是膝盖那么高的积雪如同黏稠的泥浆一般，严重拖慢了他的速度。

一切都是徒劳。雪崩继续向他们逼近，要不了多久就会将他们吞噬。

“泰勒，你要是被雪埋了，留点空间给……”

杰克还没来得及把话说完，厚厚的雪层便从身后撞向了他们。杰克一个踉跄，双膝跪地，重重地栽倒。胳膊下面的科迪发出一声充满恐惧与痛苦的叫声。杰克就像溺水了一样，大口喘着气，另一只空着的手胡乱地扑腾着，可是什么也没抓到。科迪从他的胳膊下面滑了出去，跑开了。雪继续朝他涌来，一层一层堆叠起来，把他埋住了。

雪浪过后，大地又归于平静。冰冷的雪从四面八方包裹着他，杰克甚至分不清哪边是上，哪边是下。他试着动了动自己的胳膊，根本动弹不得。眼前是无尽的黑暗。雪就像枕头一样盖在他的脸上，悄无声息地剥夺着他的空气。

“别慌。”他暗自告诉自己，同时试着吸了一口气。可他吸到的不是空气，而是一团冰雪。“别慌”说起来容易做起来难。杰克努力思索着，迫切地想要找到出去的办法。

忽然，他灵光一闪，知道自己应该怎么做了——虽然有点恶心。他在嘴里蓄了点口水，然后噘起嘴巴，让口水顺着嘴角流出来。口水没有顺着下巴流下去，反而一路向上，最后流进了他右边的鼻孔。

“我正倒立着……”

他哼哼着发力，弯曲双腿，用力向上踢去。突然，两条腿挣脱了厚实的冰雪，踢到了外面，杰克感到一阵冰冷的空气抽打着他的脚踝。接着，他又前后来回活动着自己的胳膊肘，挣扎着向上挪动。最终，他歪歪扭扭地倒着从雪堆里爬了出来。

他头晕目眩地站了起来，看了看周围。他的背包掉在6米开外的地方，一半埋在了雪里。不过，这是他唯一能够认出来的东西。除此之外，周遭的一切都被茫茫的白雪所掩埋。

“泰勒！”杰克大喊。恐慌开始在他胸口积聚，企图钻进他的心里。“泰勒，你没事吧？”

一个棕白相间毛茸茸的脑袋从雪里伸了出来。

“科迪！”杰克喊道。小狗努力爬了出来，甩掉身上的雪，朝杰克跑了过来。“好孩子！去找泰勒。明白吗？”

科迪好像听懂了一样。它在厚厚的积雪上来回跑着，四处搜寻着泰勒的气味，不时还叫上几声。

“泰勒！”杰克鼓足了劲儿大声喊道。声音在山间回荡，却没有人答应。

杰克记得泰勒是在哪儿摔倒的，可现在几百吨的雪砸下来，山坡彻底变了样，再也找不到那个地方了。他手脚并用地爬上山坡，暗暗祈祷能够看到泰勒黄褐色的头发，可是周围只有一片雪白。

杰克头脑一热，停下脚步，蹲下来挖开了一个洞，希望凭着某种内心深处的直觉找到弟弟。可是什么也没有。于是，他又走了几米，开始挖另一个洞。

“泰勒！”他一遍又一遍地喊着，直到声嘶力竭。

“他要缺氧了”，耳边响起一声焦虑不安的低语，“他撑不了多久了……”

杰克努力从这样的想法中挣脱出来，强迫自己冷静地思考。他绞尽脑汁地想着，忽然有一个念头冒了出来：“他要是从我旁边被冲下去了呢……”

他急忙转身往坡下望去，继续搜寻弟弟。坡下依然没有泰勒的踪迹，但他们之前看到的那栋房子里倒是走出了一个身影。是一个小女孩儿，和他差不多年纪，长长的黑发扎在脑后，一身御寒的装束。雪崩把他们推得离那栋房子近了不少。

“救命！”他大声呼喊，疯狂地挥舞着双手，“救命！”

女孩儿把双手围在嘴边，大声喊道：“你没事吧？”

“我弟弟被埋在雪里了！”

女孩儿赶忙闪身进了屋子。几秒钟后，她拿着拖把和扫把向山坡上的杰克跑来。

“你看到他在哪儿摔倒了吗？”女孩儿一边向这边跑来一边喊道。

“就在这附近！”杰克朝还在跑来跑去的科迪那边挥了挥手。

“给，”女孩儿说着，往杰克的手里塞了一支扫把，“你找那边，我找这边。我们就沿着这一块雪地找，把扫把柄倒着插进雪里找，明白了吗？”

两人开始仔细地在雪地上交叉搜索起来：将把柄插进雪里，换个地方，再插进雪里。杰克真希望自己能像女孩儿一样从容自信。

两人第二次碰头时，女孩儿的拖把插到了某个坚硬的东西，杰克的心简直要跳到嗓子眼儿里了，他多么希望那就是泰勒。他们赶紧趴在地上挖了起来，结果只找到了泰勒的背包——泰勒依然不见踪影。

“我们得找到他！”杰克大声喊着，一个劲儿把扫把柄往雪地里插。

“嘿，”女孩儿眯缝着眼说道，“保持冷静，继续找，好吗？他被埋的地方如果刚好有个气窝，那他就能呼吸，那就肯定没事的。”

“如果……”杰克暗想，一次又一次把扫把柄插进雪地里，“可是，如果没有呢？嗨，妈妈，你还活着真是太好了，不幸的是我把泰勒害死了……”

突然，科迪在10米外的山坡上叫了起来。

“在那儿！”杰克大喊。

他们手脚并用地爬了上去，发现科迪已经刨出了一个深深的雪坑。杰克和女孩儿也赶紧跳进坑里帮忙。杰克把手伸进雪里，摸到了什么东西——一条腿！

“找到他了！”杰克喊道。两人一起又往下挖了点儿，直到泰勒的腰都露了出来。然后两人各拽住泰勒的一条腿。

“数到三，”女孩儿命令道，“一，二……”

两人猛地一使劲，把泰勒拉了出来，可他仍然一动不动地躺着。杰克赶忙跪倒在他身旁。

“泰勒，好了，没事了。我们找到你了。泰勒，醒醒，求你了！”

可泰勒并没有回应。他肤色变得十分苍白，双眼紧闭。

女孩儿探身过来说道：“我们赶紧把他弄回屋子里

去，快！”

杰克像消防员一样把泰勒扛在肩上，没走几步就支撑不住，栽了下去。

“我来帮你。”女孩儿说道。他们一人架着泰勒一只胳膊，想拖着他往前走，可他的身体屡屡陷进雪里，严重拖慢了前进的速度。要是有个雪橇……

杰克计上心头，从泰勒的包里取出雨衣，铺在了雪地上。

“能帮忙把他抬上去吗？”杰克问道。于是，女孩儿帮着杰克把泰勒挪到雨衣上，然后两人一人拽住雨衣的一边往前拉。杰克屏住了呼吸——能行吗？

成了！雨衣在雪地上自如地滑动，不一会儿，他们就拖着泰勒下了坡，径直来到小木屋的前门。

两人齐力把泰勒扛了进去，把他放在客厅里熊熊燃烧的炭火炉旁。女孩儿跪在一旁，摸着泰勒的脉搏。

“他还有气。”她说。

“泰勒，能听到我说话吗？”

起先，泰勒一点儿反应也没有。这应该是杰克这辈子经历过的最漫长的几分钟了，他不住地咬着嘴唇，祈祷弟弟能够醒来。就在杰克快要丧失希望的时候，泰勒缓缓地睁开了绿色的眼睛，从胸腔内发出一声响亮的干咳。

“泰勒，你没事吧？”杰克大喊着，顿时觉得全身都放松了下来。

泰勒咽了咽口水，嘟囔道：“你喊什么？我不是就在这儿吗？你个笨蛋。”

女孩儿哈哈大笑，看着杰克说：“我觉得他听上去没什么事。”

半个小时后，泰勒坐在炭火炉旁的一把椅子上，身上紧紧地裹着两层毯子，手里捧着一杯热可可。杰克坐在旁边的另一把椅子上，关切地看着弟弟，同时也瞟了几眼他们身处的房间。

这座屋子大概有阿贝小木屋的两倍大，而且感觉更加现代。除此之外，这里还有更多便利的设施：水龙头、冰箱和电灯——靠煤气发电机供电，杰克猜测着。相比两个男孩儿之前的环境，这里的设施显得十分奢华。

“给你。”女孩儿递给杰克一杯热可可，然后拉来一把椅子坐在泰勒边上。女孩儿穿了一件T恤衫，一条镶了不少亮片的牛仔裤。“你感觉怎么样，泰勒？”

“好多了，”泰勒微笑着说道，热可可在他的嘴唇上留下胡须似的痕迹，“终于觉得暖和了。”

“很好，是得缓缓。对了，我叫金。”

“你一个人住在这儿？”泰勒问道。

金摇了摇头，笑道：“妈妈去走亲戚了，估计要到中午才会回来。所以，泰勒、科迪，还有……”

“杰克。”杰克说道。

“你们是两兄弟，对吧？从你们的长相就能看出来。”

“对，我们是兄弟。那又怎么样？”

金低声吹了个口哨，说道：“哇哦！别激动。”

“对不起。”杰克心神不宁，如坐针毡。他很清楚，自己的表现一看就是隐瞒了什么事情的样子，而金明显也看出来了。

金咧开嘴笑了笑，问道：“那么，你们为什么远离城市，独自跑到这荒郊野外来了，还偏偏是在这场特大暴风雪之后？”

“我们是滑雪者。”杰克回答道，这是他脑海中闪过的第一个念头。

“滑雪者！”她重复道，“两个人就一个滑雪板。所以你们是，轮流滑吗？”

“我的滑雪板在雪崩的时候掉了！”杰克辩解道。

金似笑非笑地哼了一声："我们这儿一般可没什么滑雪者来。你们应该知道自己现在是在风河保留地吧？"

这个问题让杰克哑口无言，泰勒插了进来："我们有点找不到方向了。后来看到你们这栋房子，就想来问个路。"

"至少这部分是真的。"杰克心想。

金耸了耸肩，说道："随便咯。反正看管这片保留地是我妈妈的工作。你们是来干什么的我可没兴趣，不过她肯定会想知道的。"

杰克注意到房子里好像少了些什么，刚想发问，话到嘴边又咽了回去。不过，金还是看出来他在想什么了，她主动说道："爸爸没跟我们住在一起。以后也不会了。"

"我们的爸妈也分开了。"泰勒说道。

"挺讨厌的，不是吗？"金歪了歪嘴，揶揄道。

杰克稍微放松了一些。现在他们之间有些共同点了，说不定她不会再追问什么了。

"那你们要给谁打电话？"金说着站了起来，"你们的妈妈还是爸爸？我想你们肯定想跟他们报个平安吧？"

"……还不如继续追问我们更多问题。"杰克这样想着，避开她的眼睛，说道："我们，呃……"

“我去拿电话，号码多少？”

杰克与泰勒对视了一下。

“我们，呃，不知道。”杰克说。

金“扑哧”一声笑了出来：“噢，饶了我吧！你们不知道家里的电话号码吗？你们独自跑到这荒郊野外，带了一大堆野炊用品，还有一个破旧的滑雪板，现在你们还一起失忆了？”

屋外传来一阵声响——有车子朝这边驶来。

“应该是妈妈，”金说，“我会告诉她你们是我的客人……如果你们能告诉我你们到底是谁。或者，你们可以自己跟她说。”

“你想听实话？”杰克突然开口说道，“好。我们从我们爸爸那儿跑走了，现在要去找我们的妈妈。她遇到麻烦了。”

“什么样的麻烦？”

“大麻烦。可能会让她把命搭上的麻烦，”泰勒说，“她已经差点儿死过一次了……”

杰克叹了口气：“老天，泰勒，你干脆全告诉她好了。”

金瞪着他们两个。屋外传来靴子踏碎冰层的声音，金的妈妈离门越来越近了。

“我就知道你们俩是离家出走的。”金心满意足地说道，“抱歉，伙计们，可我得告诉我妈妈。”

“别！”杰克恳求道，“我们不能回爸爸那儿去——我们的妈妈需要我们。求你了！”

金一脸精明地看着他——她似乎在掂量自己的选择。杰克紧紧抓住椅子的扶手，心中充满了恐惧。

钥匙插进锁孔，转动了一下，门徐徐打开了。

门口的动静停顿了片刻，然后传来一个焦急的声音：“金？有人跟你在一起吗？”

杰克坐在那儿，等着金做出答复，也等着面对最坏的情况……

第十章

站在门口的这个女人和金一样，有着一张圆圆的脸庞和一对深陷的眼窝。她穿了件色彩绚丽的羊毛外套，松松垮垮地一直拖到她的膝盖处，外套上绣满了驼鹿还有其他动物。

“这是杰克，那是泰勒，”金说道，“他们是学校荒野俱乐部的成员。我们本来要一起去钓鱼的，不过我们，呃，改成玩雪了。我们得把泰勒从雪堆里挖出来。”

杰克大声地长舒了一口气——他突然意识到原来刚刚自己一直憋着 口气。

金的妈妈叹了口气，关上房门，挂起了她的外套：“金，你怎么每次邀请朋友过来都不先告诉我一声呢？我们今晚只能吃三文鱼了，你知道我本来一直不舍得吃的。”

“妈妈，别……”

“我很欢迎你的朋友们来，但是你得先告诉我。上一次，我一回家，发现你们那支摇滚乐队正在客厅里排练！你能事先征求一下我的意见吗？”

金翻了个白眼，说道：“我跟你说过！我上周就告诉你了，记得吗？”

“哈？”

“你当时在打电话，大概没听到。”

金竟然能这么轻易就对妈妈撒谎，这多少让杰克有些不安。很明显，她这样做过很多次了。

“我们不想添麻烦。”他满怀愧疚地说道。

“不麻烦，”女人说着，一眼看向杰克，“你叫杰克对吧？金以前从来没有提过你。”

“呃，我们最近才搬过来的。”杰克无助地说道。

“妈妈，你可饶了他们吧，”金不耐烦地说道，“杰克和泰勒今晚在这儿过夜可以吧？”

女人终于对杰克展露了笑容：“我叫哈维。我当然很欢迎你们今晚住在这儿了。不过，得你们的父母同意才行。”

“他们已经给他们的妈妈打电话征得同意了。”金赶忙说道。

“很好。这天气最好也别出去，”哈维说道，“特别是被大雪困住之后。明天，等铲雪车开完道，我开车送你们去里弗顿。”

“谢谢！”泰勒的脸上堆满了笑容，“那……我们明天还能去钓鱼吗？”

杰克哈哈大笑，朝金翻了一下白眼。

第二天清晨，两个男孩儿在一阵扑鼻的香气中醒来——烤培根、鸡蛋、烤面包。

“还有炸土豆？”杰克躺在地板上自己的睡袋里暗自琢磨着。他睁开眼睛，坐了起来。

哈维站在水池旁的一台小液化气炉子旁，回头看了看。“你醒了，”她欢快地说道，“休息好了吗？”

“好了。”杰克咕哝着揉了揉眼睛。睡在他旁边的泰勒也动了动，而科迪则坐在离液化气炉子不远的地方，目不转睛地盯着哈维做早餐。

金抱着一大堆木柴，从前门冲了进来：“给你，妈妈。木柴我都劈好了，早餐好了没？”

她刚要往屋里走，哈维厉声喝道：“你那靴子上全是雪！弄干净了再进来！”

金翻了个白眼：“昨晚又下了 15 厘米的雪。”她一边说着，一边跺了跺脚，抖掉了靴子上的雪。

哈维啧啧说道：“要是这样的话，那铲雪车今天还不一定能让交通恢复正常了。”

“没事儿，”金靠在桌子上说道，“杰克、泰勒和科迪可以再多住一晚，对吧？”

“嗯，”哈维答道，“也许吧。不过首先，谁肚子饿了啊？”

泰勒触电一般猛然坐了起来：“我！”

大家都笑了。

“是啊，山间寒冷的空气会让你胃口大开。”哈维告诉他。

不知道是因为刚刚经历过雪崩，还是因为一连几个月只能吃到瘦肉和菜根，杰克与泰勒狼吞虎咽地吃了很多，就连他们自己都担心肚子是不是要撑破了。

“你们看上去就像一年都没吃过东西一样。”金哈哈大笑。

“我们吃过，”泰勒说道，“只是都没这些好吃。”

哈维说：“要想感谢我的话，吃完帮忙收拾一下吧。”

杰克一直留意着哈维的表情，她显然有什么心事，不过到目前为止，她还没打算说出来。

“反正我们都困在这儿了，不如按昨天说的去钓鱼吧？”金问道，“起码我们能到屋外去。”

杰克不想到处闲逛——他们本来是要尽快赶回妈妈身边的——可是金看了他一眼，那眼神的意思就是他别无选择。

泰勒最后往嘴里塞了一勺鸡蛋：“太棒了。”

“尽量别又引发雪崩，好吧？”金笑道。

杰克与泰勒不好意思地彼此对视了一下。

“噢，不行，”哈维说道，“你们俩可以去，但是泰勒得留在这儿。我可不想再让他跑到外面的冰天雪地里去。他的脸色看起来还是很苍白，我得看着他。”

“啊，可我感觉好极了。特别是吃了这顿早餐之后！”

“抱歉，小伙子，我说不行。”

泰勒叹了口气：“好吧。反正杰克也想单独和金待在一起。”

杰克在桌子底下踢了他一脚。泰勒皱了皱眉头，不过他很知趣地闭上了嘴巴。

杰克在屋外等着，两只脚左右来回跳着。忽然，身后传来一阵引擎的轰鸣声。他回过头去，看到金正骑着一辆巨大的雪地摩托，满脸愉快的笑容。她把摩托车停在了他的身旁。

“嘿，离家出走的那位。要搭车吗？”

杰克爬上摩托车，坐在她的身后：“别这么大声！你妈妈听到了怎么办？”

“她听不到的，有这声音掩护。”金说着又轰了几次油门，“这车不错吧，哈？”

“这是你的车？”

“当然了。你怕是没意识到吧？我给你提个醒，我们可是住在怀俄明州。不然你以为我们冬天怎么出行？”

说着，金踩了一下油门，两人飞驰而去。杰克的脸被迎面吹来的寒风冻僵了，可是他并不在意。他感觉是那么自由。

“爸爸可不会让我们骑摩托车。”他盖过引擎的轰鸣声，冲金喊道。

她笑了笑：“那你们靠什么出行？骑马吗？”

“我们步行。”

“真的假的？老兄，你爸肯定是个硬茬儿。”

“他是的。”杰克心想。“有点儿原始吧，我猜，”他承认道，“我们住的地方连电都没有，不像你们。”

“不过，你们有卫生纸吧？好了，别，还是别回答我了。我宁愿不知道。”

杰克尴尬得脸颊有些发烫，心里却是好一阵嫉妒。金和哈维也是住在荒野之中，可是他们却不像阿贝那么与世隔绝。金甚至还能去上学，还有朋友。她自己还有个乐队。相比之下，杰克与泰勒只能煮香根。

他们骑着摩托车一路向前。想到爸爸一直以来是那么顽固、那么不肯妥协，杰克感觉心里又燃起一股新的怒火。

阿贝一直说自己很高兴两个男孩儿找到了他。可事实是，他依然过着自己斯巴达式的清苦生活，压根儿没有为了满足杰克与泰勒的需求而做出任何改变。在杰克的爸爸看来，要么按他的方式过，要么就是现代社会那一套。“他怎么能这么自私。”杰克心想。

金驾驶着摩托车穿过一段崎岖的峡谷，最后来到一个足球场大小的池塘边。

“这里面有鱼？”杰克边问边从雪地摩托上下来。

“多得很。”金说道，“山上的泉水汇成一条小溪流经这里，部落的人在这儿建了一个水坝蓄水，供牛羊还有其他动物饮用，不过他们也在这儿养了不少虹鳟鱼。很多保留地的孩子都来这儿钓鱼、游泳。我们还算幸运的，池塘没被这场暴风雪完全冻住。”

杰克注意到，池塘周围的一圈都镶上了一层冰，但是也就向中心延伸了 5 米左右。再往里，仍然是冰冷、清澈的水。

“棒极了。”他心想。

金把渔竿放在雪地摩托上，打开了她的工具箱：“你知道怎么上渔线吧？”

“当然了。”

“我刚刚开的那些玩笑、说的那些话如果太过分了，还请你原谅。我猜你们的爸爸肯定是个特别坏的人，所以你们才会离家出走。”

杰克摇了摇头：“他不坏。只是……有点复杂。”

金把手放在他的胳膊上，他下意识地躲闪了一下。“不想说就不要说了。”她说。

“他只是太固执了。”杰克叹了口气，“你没法让他改变主意，懂吧？他对自己是一套标准，对别人又是另一套标准。感觉就像他加入了某个狂热派一样，可这个派还就只有他自己一个人。”

两人往渔竿上缠渔线的时候，杰克把过去五个月的经历都告诉了金。他从他们来怀俄明州的旅途讲起，一直讲到他们找到爸爸，唯独没有提起布尔死了的那一段。

“你该听听我妈妈在电话里的语气，”他说，“她吓坏了。我们不能跟爸爸待在一起，尤其是接了那个电话之后。”

金缓缓地点了点头：“所以你们要徒步走回宾夕法尼亚州？沿途挑小路走，尽量避开人们的视线。这倒让我想起点什么。”

“逃犯吗？”

“不。我倒觉得更像霍比特人。你跟泰勒就像是弗罗多和山姆。”

杰克自顾自地笑了出来：“你莫不是个疯子吧？”

“我只是嫉妒，”金说，“我也想离开这儿。”

“什么？”

“跑得远远的，就像你们一样。”

“你不喜欢这儿？”杰克说着朝周围的群山摆了摆手，“你真是疯了。这地方多好啊！你既住在荒野里，同时又离城镇那么近。”

“不是地方的问题，是我妈妈。”金说，“她太烦了。她一点儿私人空间都不给我，总是想知道我在做什么，想知道我跟谁一起玩。你自己刚刚也看到了，她就是那样！”

“她看上去挺好的。”杰克小心地说道。

“你该见见我爸爸，他就很酷。他住在丹佛，做电脑游戏美术设计。”

“他为什么不和你们住一起？”

“显然是因为他无法忍受远离城市，住在荒野之中。总有一天，我要收拾好行囊，跟他一起生活在城市里。”

“有意思，”杰克说道，“我们想到荒野来和我们的爸爸生活在一起，而你想去城市里和你的爸爸生活在一起。”

“是啊，”金说，“挺讽刺的，不是吗？”

渔线缠好后，杰克开始往鱼钩上放鱼饵，用的是三文鱼子。而金则选了一个金色的小金属假饵。两人走到池塘边，彼此之间拉开了一点儿距离。

“鳟鱼应该很饿的，”金说道，“它们要为过冬储存脂肪。”

他们把鱼钩抛过池塘边缘的一圈冰面，甩入水中。很快，金那边便有鱼咬钩了。渔竿的顶端刚一下垂，她便猛地向后一拉，开始收线。

“钓到了！”她大喊着，手上嗖嗖地往回收着线，稳稳当当地把鱼拖了过来——一条身长 35 厘米左右的虹鳟鱼。

“这条鳟鱼真不错！”当她把鱼从冰面上往回拖时，杰克喊了一声。紧接着，他发现自己这边也有鱼上钩了。

“松一点儿线！”金在另一边朝他喊着，“你拉得太紧了，鱼可能会跑掉的。”

杰克赶紧松开了线盘卡扣，让线自由地从卷盘上转了出去：“我觉得它已经跑了！”

他开始把线往回收，可是渔竿前端又往下沉了沉。

“嘿，我觉得——噢，不！缠到什么东西了。”

金还在忙着收拾刚刚钓到的那条鱼，杰克也不打算向她求助。他往冰上迈了一步，试了试冰层是否能够承受得住他的重量。可以。于是，他又往前迈了一步，同时把渔竿往上举，想要把鱼钩弄松。

还是拉不动。于是，杰克又往前迈了一步。冰层裂了，可还没有碎。杰克继续挥动着渔竿，想把鱼钩从钩住的东西上甩出来。

“真倒霉。”他说着，想都没想就又往冰层的边缘迈出了一步。

脚下缓缓传来一声碎裂的响声。

杰克的脑海中闪过一幅画面：布尔尖叫着跌落瀑布，双手胡乱地挥舞着，脸上写满了惊恐。

紧接着，他听到金慌乱地大声喊叫着发出警告，可还是晚了一步。

就像上台阶时踩空了一步似的，杰克身子一斜，脚下的冰层轰然破碎。冰冷刺骨的湖水吞噬了他。

第十一章

杰克在齐腰的水中挣扎着。突然袭来的寒冷实在让人太过煎熬了，他感觉自己就像被剥了皮一般，寒意直入骨髓。

“你这个蠢货！”金在岸边喊着，“你想什么呢？”

杰克努力转过身，水流如同凛冽的钢刀一般划过他的双腿。“我也不知道。”他喘着气说道。

“你自己能上来吗？”金没好气地说道。

“我……我试……试试看。”

杰克努力爬上冰层的边缘，可在他的重量压迫之下，更多的冰层被压碎裂开。他像一艘人形破冰船似的，挣扎着向前缓缓挪动。终于，他爬上了较厚的冰层，金拖着他又走了几米，终于上了岸。

“我最好赶紧把你送回去，”金焦急地说道，“你在这儿会感冒的，甚至可能会被冻伤。”

“让……让我先把鞋……鞋子脱了，”杰克说道，“里……里面全……全是水。”

“你还是穿着吧，”金说道，“不然一会儿骑上车，冷风一吹，你的脚肯定会更冷的。”

“渔竿……”

“我一会儿再来拿。现在赶紧走！”

“好……好的。”

金扶着杰克爬上了雪地摩托，空中开始飘起片片雪花。

“真好，”金说道，“下得真是时候。抓紧了。”

金发动了雪地摩托，两人向小木屋飞驰而去。杰克从后面紧紧靠着金，寒风卷着雪花刮在脸上如同刀割一般。杰克浑身不住地发抖，就像身体里有一台失控了的破引擎一样。

“金……金……对不起……”

“别说话，”她跟他说，“省点儿力气。”

他们快到时，哈维正从房里走出来：“你们怎么这么快就回来了？出什么事了？”

“杰克落水了。”金解释道，扶着杰克往门口走去。

“快点，让他进去。”

进了房后，哈维要杰克赶紧把湿透了的衣服全脱下来。金则去厨房拿热水——这让杰克松了口气，他可不想让金看到自己全身赤裸、瑟瑟发抖的样子。

很快，哈维便用温暖的长袍和毯子把杰克裹得严严实实，可他还是止不住地浑身发抖。杰克就这样躺在长沙发上，身体不受控制地一个劲儿地颤抖着，就像一辆失控的马车，颠簸着驶过崎岖的斜坡。

“你发蓝了，”泰勒担心地说道，“你的脸，都变蓝了。”

哈维为杰克检查了一下。“他有点轻微的低温症，不过我真正担心的是他的脚趾。有感觉吗？”说着，她伸手捏了捏杰克的脚趾。

杰克摇了摇头。

“好吧，大拇指没有感觉，这可不是个好现象。”

“他会没事吧？”泰勒瞪大眼睛问道。

“你看，”哈维掀开毯子，用手指着杰克的脚趾说道，“你看到没？这些脚趾有点发黄、发灰，看起来非常苍白。这就是冻伤了。这非常糟糕，不过我见过更糟的。金，”哈维说着，转向自己的女儿，“装满……”

然而，金已经想在了妈妈前面。她用金属盆接了半盆温水来到杰克身旁，把盆放在杰克面前。

“你怎么知道要这样的？”泰勒问道。

“怎么？你以为这是第一次有傻小子在大冬天落水吗？”

哈维试了试水温，确保温度正好合适。“千万不能让冻伤的组织一下子热起来。”她一边解释，一边抬起杰克的双脚，一左一右依次放进温水盆里，“用温水，绝对不能用热水。而且，除非你能持续保温，否则不要试图让冻伤的组织马上热起来。”

“为什么不行？”泰勒问道。

“会加剧冻伤。”

突然，杰克感觉脚上像针扎一样疼。他失声叫了出来，把脚从水里抽了出来。哈维温柔却十分坚决地又把他的脚按回了水里。“会疼一会儿的，你必须忍着。”

杰克痛苦地低声呻吟着。

“起码，你现在有感觉了，”金高兴地说道，“别抱怨了。”

“我猜我们今天去不了里弗顿了，对吧？”泰勒说道。

哈维摇了摇头：“反正路也还没通，你们还得在这儿再住一个晚上。我会给你们的父母打个电话，让他们知道发生了……”

“好的，”杰克赶忙打断了她的话，强忍着疼痛，故作镇定地说道，“我会给家里打电话，告诉妈妈我们一切都好。”

焦虑在杰克的胃里郁结，这感觉与脚趾上的隐隐作痛一样让人难受。他本来想离开爸爸去救妈妈的，可现在一切都乱了套。就目前这样，他们永远也到不了匹兹堡。而且，如果哈维发现他们是离家出走的，那他们就更别指望能去哪儿了……

“我真是个蠢货，居然从冰面上掉了下去。”杰克心想。

之后的整个下午，泰勒都坐在木炭炉旁边的一把椅子上焦虑地看着杰克。与此同时，他掏出自己的小折刀，开始削一小根木柴。杰克猜他是想雕出一只熊。

待杰克的双脚彻底恢复知觉之后，哈维小心翼翼地帮他擦干脚，在他的每个脚趾之间塞上一个棉球，再用纱布帮他把脚包好，然后便起身出去劈柴了。金煮好了热茶，还给杰克拿来了几本漫画书，希望能帮他转移注意力，忘记疼痛。她有超级多的漫画书，很多杰克连名字都没听过。过了几个月没书读的日子，现在哪怕是本电话簿杰克都能读得津津有味。

“谢谢你又救了我一次，”杰克说道，“我不知道这么一下就会冻伤。”

金耸了耸肩：“就像我之前说的，这种事发生的次数远比你想到的多。”

“我压根儿就不知道该怎么办。我大概会直接跳进滚烫的热澡盆里，最后害得自己被截肢。”

“你还真是能惹麻烦啊，”金用胳膊肘捅了捅他的肋骨，“不管怎么样，从今往后，你不用再担心会发生这种事了。”

杰克放下手中的漫画书，看着她：“我不用再担心了？为什么不用？”

金望了望窗外，确认了一下她妈妈的确还在外面。

“因为，”她压低了声音说道，“等你们走的时候，我要跟你们一起。”